GESCHICHTEN, DIE ERFRISCHEN

DAS SOMMERLESEBUCH

Herausgegeben von
Aleksia Sidney

K
A
M
P
A

Für den Blick hinter die Verlagskulissen:
www.kampaverlag.ch/newsletter

KAMPA POCKET
DIE ERSTE KLIMANEUTRALE TASCHENBUCHREIHE
Gedruckt auf säurefreiem und chlorfrei gebleichtem Papier zur Unterstützung verantwortungsvoller Waldnutzung, zertifiziert durch das Forest Stewardship Council. Der Umschlag enthält kein Plastik. Kampa Pockets werden klimaneutral gedruckt, kampaverlag.ch/nachhaltig informiert über das unterstützte CO_2-Kompensationsprojekt.

Der Kampa Verlag wird in der Schweiz vom Bundesamt für Kultur mit einem Strukturbeitrag für die Jahre 2021–2024 unterstützt.

Veröffentlicht im Juni 2023 als Kampa Pocket
Copyright © 2023 by Kampa Verlag AG, Zürich
Covergestaltung und Satz: Lara Flues, Kampa Verlag
Covermotiv: Song Hojong, Graphic designer based in South Korea; Instagram: Songhj_ / Behance: Be.net/ax_
Gesetzt aus der Stempel Garamond LT / 230140
Druck und Bindung: GGP Media GmbH, Pößneck
ISBN 978 3 311 15070 1

www.kampaverlag.ch

Inhalt

William Boyd	*Was ich alles gestohlen habe* 7
Julian Barnes	*Ein perfekter Flirt* 26
Anna Gavalda	*Kleine Praktiken aus Saint-Germain* 30
Tessa Hadley	*Meeresleuchten* 46
Astrid Rosenfeld	*All die falschen Pferde* 63
E. W. Heine	*Der Posträuber* 75
F. Scott Fitzgerald	*Liebe in der Nacht* 83
Gabriel García Márquez	*Dornröschens Flugzeug* 118
Olga Tokarczuk	*Zimmernummern* 129
Witold Gombrowicz	*Der Tänzer des Rechtsanwalts Landt* 170
Saki	*Die offene Tür* 189
Oscar Wilde	*Das Gespenst von Canterville* 196

Nachweis 251

William Boyd

Was ich alles gestohlen habe

Ich habe meinem Freund Mark Pertwee einen Speedbird-Anstecker von der BOAC gestohlen. Ich war acht Jahre alt, und es war der erste bewusste Diebstahl, an den ich mich erinnern kann. BOAC – British Overseas Airways Corporation, die Fluggesellschaft, aus der im Jahr 1974 British Airways hervorging –, das erlaubt Rückschlüsse auf mein Alter; und das »Speedbird«-Logo gibt es längst nicht mehr. Vor meinem inneren Auge sehe ich den kleinen Anstecker genau vor mir: nicht größer als ein Zehn-Pence-Stück, dunkelblau mit silbernem Rand, ein Zwischending aus Vogelsilhouette und Pfeilspitze – modern, vorwärtsstrebend, stilvoll, schnittig, all das, was die sechziger Jahre, die BOAC und ihre Flotte gewaltiger, viermotoriger Turboprop-Flugzeuge in Weiß und Dunkelblau verkörpern sollten ...

Mark Pertwees Mutter arbeitete in einem Reisebüro, daher brachte sie immer alle möglichen netten Werbegeschenke mit nach Hause: Flugpläne, Miniatur-Flugzeuge (KLM, Pan Am, Air France), kleine Plastikwimpel diverser Länderflaggen mitsamt Aufsteller für den Schreibtisch und so weiter, und diesen Schatz teilte sie großzügig mit mir sowie mit ihrem Sohn (ich war sein bester Freund). Einen Speedbird zum Anstecken allerdings bekam ich von ihr nicht geschenkt. Vielleicht hatte sie selbst nur ein Exemplar erhalten, vielleicht war er irgendwie wertvoll – versilbert und emailliert –, wie mir im Nachhinein auffällt. Und vielleicht war das der Grund, warum ich diesen Anstecker unbedingt haben wollte.

Ich ging sehr gezielt vor. Zunächst einmal ließ ich das Stück verschwinden, versteckte es in der Gästetoilette der Pertwees, im Schränkchen unter dem Waschbecken. Ich ließ zwei Wochen verstreichen (Mark schien das Verschwinden des Ansteckers gar nicht zu bemerken), ehe ich mein Diebesgut eines Tages einsteckte und mit nach Hause nahm. Der Anstecker war mein Geheimnis, weder meine Eltern noch meine drei älteren Schwestern bekamen ihn je zu sehen – und ich trug ihn auch nie an irgendeinem Kleidungsstück. In gewisser Weise war es ein sinnloser Diebstahl. Mark Pertwee vermisste den Anstecker nicht, und ich war zu vorsichtig, um ihn je offen zu tragen. Verdient der Vorgang überhaupt die Bezeichnung Diebstahl, wenn man bedenkt, dass der Eigentümer des Ansteckers sich gar nicht bestohlen fühlte? Der Anstecker kam mir irgendwann abhanden, bei einem der vielen Umzüge meiner Eltern vermutlich. Heute ist mir ein Rätsel, warum ich ihn überhaupt gestohlen habe.

Ich habe meiner Mutter Zigaretten gestohlen – Geld aber niemals, das möchte ich unmissverständlich klarstellen. Sie rauchte viel, zwei Päckchen am Tag, Marke Peter Stuyvesant, eine Sorte mit einem etwas beißenden, die Kehle wärmenden Geschmack, meiner Erinnerung nach (und beliebt vor allem bei verwegenen, braun gebrannten Linienpiloten mit kantigem Kinn, sofern der Werbung zu trauen war). Ich stahl ihr vier, fünf Zigaretten die Woche, und das fiel ihr nie auf.

Erneut stelle ich mir die Frage: Handelt es sich um einen weiteren Nicht-Diebstahl? Was für eine Kategorie von Diebstahl liegt hier vor? Als Jugendlicher dürfte ich meiner Mutter Hunderte, wenn nicht sogar Tausende Zigaretten entwendet haben. Sie kaufte die Glimmstängel immer stangenweise, und mit der Zeit wurde ich kühner und ließ aus der Schublade im Schlafzimmer, in der sie ihren Vorrat aufbewahrte, ganze Packungen verschwinden. Mein Vater rauchte Pfeife, mit einer Vorliebe für wohlriechenden, aromatisierten Tabak (bis er in seinen Fünfzigern an Lungenkrebs verstarb). In unserem Haus miefte es nach Rauch wie in einem Pub. Ich rauchte heimlich in meinem Zimmer, und niemand nahm davon je Notiz; auch meine drei

Schwestern rauchten. So war es damals eben, das war ganz normal.

Ich rauchte meine ganze Teenagerzeit über, auch noch nach dem Tod meines Vaters, und hörte erst damit auf, als ich Encarnación heiratete, meine erste Frau. Sie hatte einen geradezu neurotischen Abscheu vor Rauch und Rauchern – wenn ich den Zigaretten nicht abgeschworen hätte, hätte ich sie wohl nie küssen dürfen. Ich denke daran zurück, wie heimlich und verstohlen ich stets vorging. Ich öffnete die Handtasche meiner Mutter, kramte darin herum, bis ich das Peter-Stuyvesant-Päckchen gefunden hatte, nie Schachteln, nur Softpacks, sah nach, wie viele Zigaretten noch drin waren – riskant immer dann, wenn es weniger als zehn waren. Danach das wiederkehrende bange Herzklopfen, wenn ich beobachtete, wie sie die Packung aus der Tasche fischte, um sich eine anzustecken; später dann das heimliche, Schwindel auslösende Inhalieren zusammen mit meinen Freunden unter der Eisenbahnbrücke, ein Stück die Straße runter, gefolgt von den eigentlich unnötigen Maßnahmen – Kaugummi oder Mundspülung für den Atem, das Besprühen von Kleidung und Körper mit irgendeinem Duftwasser (Brut-Aftershave war immer besonders wirksam) –, um den Rauchgeruch zu überdecken. Ich dürfte zu Hause jahrelang eine Art unsichtbaren Kondensstreifen aus chemischem

Parfüm hinter mir hergezogen haben. Niemand sagte je etwas, nie.

Während meiner Schulzeit im Internat habe ich Essen gestohlen. Uns wurde einmal die Woche ein bescheidenes Fresspaket zugebilligt (wie Kriegsgefangenen), von einem Supermarkt in der Gegend: ein paar Bananen, eine Schachtel Datteln, Cornflakes, aber nur in Mini-Packungen – keine Rosinenbrötchen, kein Kuchen, keine Schokolade, nichts aus dem Sortiment des Schulkiosks, wo es Cola und sonstige Süßgetränke gab, Kekse und alle nur denkbaren, Zahnfäulnis verursachenden Süßigkeiten, die von der einschlägigen Industrie auf den Markt geworfen wurden.

In meinem Haus wohnte auch ein schwerreicher junger Grieche, dessen Fresspaket immer so mannigfach und opulent bestückt war, als ob es von Fortnum & Mason oder einem ähnlichen Luxuskaufhaus stammte. Meine Kameraden und ich plünderten diesen Jungen ungeniert aus (er war dicklich und leicht zum Weinen zu bringen). Stavros' Fresspaket ist es zu verdanken, dass ich meine lebenslange Vorliebe für Patum Peperium entwickelte, »The Gentleman's Relish«, eine dunkle, an Pesto erinnernde Sardellenpaste. Diese Paste ist für mich das, was die Madeleine für Proust war – sie beschwört in mir die Erinnerung an all diese frühen Raubzüge herauf. Auch jetzt wieder ist mir ihre erdige, mehlige Salzigkeit präsent, und ich schmecke sie förmlich auf der Zunge.

Ich habe noch manch anderes gestohlen – wie alle anderen auch, Stehlen war an unserem Internat ganz normal. Es herrschte eine Art stillschweigender Übereinkunft, dass jeder fortwährend jeden bestahl: Essen, Getränke, Deodorant, Shampoo, Kleidungsstücke, Pornoheftchen, Stifte, Hefte, Bücher, Briefpapier ... In der benachbarten Stadt und den umliegenden Dörfern betätigten wir uns außerdem ungeniert und höchst erfolgreich als Ladendiebe. Nur Geld durfte man seinen Schulkameraden nicht stehlen, das war das einzige Tabu, die ultimative Sünde, die den Dieb dauerhaft zum Ausgestoßenen stempelte und ihm für den Rest seiner Schullaufbahn den Spitznamen »Langfinger« eintrug – damit war er gebrandmarkt, mit einem ganz persönlichen Kainsmal.

Während meines Architekturstudiums in Bath habe ich dort in einem Kaufhaus eine Ray Ban gestohlen, Modell Aviator, die legendäre Pilotenbrille. Ich habe sie anprobiert und anschließend noch ein Dutzend anderer Sonnenbrillen, die ich auf- und wieder absetzte, ehe ich sie umständlich in das Verkaufsgestell zurücksteckte; und irgendwann im Lauf dieser aufwendigen Prozedur setzte ich meine eigene Sonnenbrille auf und ließ die Ray Ban ganz selbstverständlich in meinem Brillenetui verschwinden. Ich trug sie den ganzen Sommer über und erntete viel Beifall dafür. Wahrscheinlich trug ich sie auch, als ich Encarnación kennenlernte (meine künftige Frau mit der heftigen Aversion gegen das Rauchen), die zu der Zeit als Au-pair-Mädchen bei der Familie eines Rechtsanwalts arbeitete, im nahe gelegenen Bristol. Rückblickend erscheinen mir die Jahre an der Uni, was das Stehlen betrifft, wie mein goldenes Zeitalter. Ich klaute auf Schritt und Tritt, nach Lust und Laune. Nichts Großes, nichts Außergewöhnliches, bloß Sachen, die ich gern haben wollte, ohne dafür zu bezahlen. Ich stahl Zeitungen und Zeitschriften (den *New Statesman*, *Mayfair*, *Men Only*, *Flight*, *Gramophone*); ich stahl gebundene Bücher (an manche erinnere ich mich bis heute: *The History Man* von Malcolm Bradbury; *Keats and Embarrassment* von Christopher Ricks; *The Metropolitan Critic* von Clive James); ich stahl Essen aller Art – Marsriegel, Sandwiches, Obst. In einem Delikatessenladen entwendete ich mal eine ganze Hirschkeule. Bei anderer Gelegenheit ließ ich eine Dose mit Kirschkuchenfüllung mitgehen – warum, ist mir bis heute schleierhaft: Ich mag Kirschen nicht besonders, und einen Kuchen wollte ich ebenfalls nicht backen. Der Inhaber des kleinen Eckladens, in dem ich die Dose unterwegs zum Ausgang ganz beiläufig mitgehen ließ, hatte alles gesehen und nahm umgehend die Verfolgung auf. Nach ein paar Straßen hatte ich ihn zum Glück abgeschüttelt – ich kann ziemlich schnell rennen. Einen solchen Ansturm purer Empfindungen habe ich seither kein zweites Mal erlebt: eine atavistische Furcht, gefolgt von einem rauschhaften Hochgefühl, von dem mir regelrecht schwindlig wurde, während ich dort auf der Straße stand und keuchend verschnaufte.

Einige Jahre lang stahl ich nichts – hörte einfach eine Weile damit auf. Vielleicht lag es an meiner Heirat mit Encarnación, schon bald gefolgt von der Geburt der Zwillinge (Lolita und Bonita), und an meinem Beruf, der mich stark beanspruchte. Ich arbeitete als Architekt in einem großen, angesehenen Unternehmen – Freedlander, Cobb und Partner. Unter solchen Umständen zu stehlen, wäre mir erniedrigend vorgekommen, unwürdig, schmutzig geradezu. Na schön, wie alle anderen Kollegen im Büro schummelte auch ich bei der Spesenabrechnung, aber dieses kleine Kavaliersdelikt würde wohl niemand ernsthaft als Diebstahl bezeichnen. Ausgerechnet bei einer Routinebefragung zu meinen Spesen allerdings, zu der ich einbestellt wurde und die recht unangenehm verlief, lernte ich Margaret Warburton kennen – als geschäftsführende Partnerin für die Finanzen bei Freedlander, Cobb zuständig –, und diese Begegnung sollte mein Leben verändern.

Ich bestahl meine Töchter um ihr Glück. Oder, um es weniger dramatisch auszudrücken: Ich bestahl Lolita und Bonita um ihr Recht, in einem intakten Elternhaus aufzuwachsen, mit einem Vater und einer Mutter. Wie Encarnación dahinterkam, dass ich ein Verhältnis mit Margaret Warburton hatte, ist mir bis heute unerklärlich, doch als sie mich deswegen zur Rede stellte (im Beisein ihres gestrengen Vaters José und ihres Bruders Severiano, die mich mit ihren glutvollen dunklen Augen voller Abscheu musterten), waren die Beweise, die sie vorlegte, umfangreich und erdrückend. Wir trennten uns, sie kehrte mitsamt den Mädchen in ihr heimisches Valladolid zurück, dann erfolgte die Scheidung, und ich zog zu Margaret. Die Mädchen fehlten mir, den Verlust Encarnacións aber konnte ich, ehrlich gesagt, verschmerzen. Das ist das Problem, wenn man einen ausländischen Partner heiratet, der die gemeinsame Sprache nur unzureichend beherrscht – bei der Verständigung im Alltag bleiben alle Feinheiten auf der Strecke und damit auch jede Form von Humor, Ironie, Sarkasmus, Subtext, Geheimnissen. All das konnte mir Margaret Warburton bieten, mit ihrem scharfen Verstand und ihrer abgebrühten Gerissenheit, die sich hinter einer aalglatten Fassade verbargen. Nach außen verkörperte sie perfekt die kühle Finanzfachfrau: ein schmales, blasses ausdrucksloses Gesicht, gut geschnittene, figurbetonte Kostüme, dunkles, helmartig frisiertes Haar, eine streng wirkende schwarze Hornbrille – die sie bei Besprechungen höchst effektvoll abnahm und wieder aufsetzte, wenn es galt, einer Aussage besonderes Gewicht zu verleihen. Und es war eben diese Gegensätzlichkeit zwischen innen und außen, die meinem ehebrecherischen Liebesleben mit ihr den besonderen Reiz verlieh, die besondere Würze. Ich war nicht vorsichtig genug – tatsächlich war ich geradezu fahrlässig, wie mir heute klar wird –, ich hatte nur noch sie im Kopf, unsere heimlichen Treffen, ein gemeinsames Wochenende dann und wann, die Stunden in einem Flughafenhotel, das Rendezvous zweier Autos, Kühler an Kühler, auf einem abgelegenen Rastplatz draußen auf dem Lande.

Über einen Zeitraum von sieben Jahren erleichterte ich Freedlander, Cobb um insgesamt 985 622 Pfund. Margaret Warburton, die in ihrer Eigenschaft als geschäftsführende Partnerin die Finanzbuchhaltung überwachte und über Einblick ins Rechnungswesen der boomenden Firma verfügte, hatte die Gelegenheit erkannt, die sich hier bot, zumal immer mehr der Projekte im fernen Ausland durchgeführt wurden: die Entsalzungsanlage in Saudi-Arabien, das neue Terminal am Flughafen von Kalkutta, drei Bürokomplexe in Shanghai und so weiter. Für ihren Coup benötigte sie einen

Komplizen in der Firma – und warum hätte ich mit meiner klugen Ehefrau nicht zusammenarbeiten sollen? (Wir hatten kurz nach meiner Scheidung geheiratet, aber in aller Stille, ohne irgendjemanden einzuweihen. Nicht mal meine Mutter oder meine Schwestern erfuhren davon – Margarets Idee.) Ich zeichnete bereitwillig alles ab, was sie mir vorlegte – Terminüberschreitungen, unvorhergesehene Mehrkosten, Verzögerungen, nächtliche Überstunden in London, die der globalen Zeitverschiebung wegen anfielen – da gab es mannigfaltige Möglichkeiten. Fallen 80 000 Dollar an Mehrkosten bei einem Vertragsvolumen von hundert Millionen Dollar irgendwem auf? Nein, nicht, wenn alles korrekt abgerechnet und belegt ist. Wir überstürzten nichts, gingen behutsam vor, hüteten uns vor übertriebener Habgier. Bei fast jedem Auftrag wurden auf diese Weise kleinere Beträge abgezweigt und sicher auf den Cayman-Inseln deponiert. Ab und zu, wenn es zu Beanstandungen kam, räumten wir freimütig ein, dass bei der Abrechnung Fehler passiert waren, baten vielmals um Entschuldigung und erstatteten dem Kunden den Fehlbetrag zurück. Alles wirkte vollkommen legal. Wir lebten nicht schlecht, gönnten uns diskret kostspielige Luxusreisen (Margaret erwarb für uns eine Dauersuite auf einem dieser exklusiven Hotelkreuzschiffe) und behielten der Form halber jeder unser eigenes Haus. Als wir zusammen verhaftet wurden, in Margarets Büro in dem neuen Hauptsitz, den Freedlander, Cobb in Southwark bezogen hatte – dieses ultramoderne Gebäude, das aussieht wie eine Handgranate –, war das ein riesengroßer Schock. Ich fühlte mich wie ein Unschuldiger, der zu Unrecht einer erfundenen Straftat bezichtigt wird.

Ich stahl meinen Mithäftlingen Tabak, in dem schmucklosen, aber so weit ganz erträglichen Gefängnis mit gelockertem Vollzug, in dem ich die Strafe für meine schimpfliche Wirtschaftskriminalität abzubüßen hatte. Aus irgendeinem Grund wurde ich zu sechs Jahren Haft verurteilt, während Margaret mit drei Jahren davonkam. Tabak, Zigaretten – eine Art roter Faden meiner kriminellen Laufbahn? Den Tabak klaute ich nicht für den Eigenbedarf – selber rauchte ich ja schon seit Jahren nicht mehr –, sondern zur Beschaffung von Alkohol. Häftlinge, die in den Gemüsegärten arbeiteten, brannten aus Kartoffeln und anderen Wurzelgewächsen in aller Heimlichkeit einen Fusel, der es in sich hatte. Ich stahl mal hier, mal da eine kleine Menge Drehtabak aus herumliegenden Päckchen, wenn der Besitzer nicht in der Nähe war, und wenn ich genug zusammenhatte (eine Handvoll ungefähr), tauschte ich das Kraut gegen ein Fläschchen hochprozentigen Schwarzgebrannten ein, der mir einige Stunden des Vergessens ermöglichte. Es war, als würde man ein scharf brennendes, unbarmherziges, flüssiges Gift trinken, schon beim ersten Schluck spürte man geradezu, wie sich im Magen kleine Geschwüre bildeten. Mit dem Gebräu, diese Vermutung drängte sich auf, hätte man auch Flugzeuge am Polarkreis enteisen oder ganze Lackschichten von einem Oldtimer entfernen können. Mit anderen Worten: ein wunderbar starker Seelentröster. Mein Alkoholproblem verschlimmerte sich, als Margaret sich kurze Zeit nach ihrer Haftentlassung von mir scheiden ließ. Sie ging außer Landes, nach Südamerika, und natürlich habe ich nie wieder von ihr gehört. Wie viel Geld hatten wir wirklich gestohlen? Ich hatte keine blasse Ahnung. Die 985 622 Pfund waren die Schadenssumme, die der Anklagevertreter genannt hatte, meines Wissens war jedoch nicht auszuschließen, dass der Betrag sogar doppelt so hoch war. Der Plan war einzig und allein auf Margarets Mist gewachsen, sie hatte die Sache schließlich ausgeheckt – sie war die Diebin, die eigentliche Hauptschuldige, nicht ich. Der alte Julius Freedlander höchstpersönlich hatte bei seiner Zeugenaussage vor Gericht kein gutes Haar an mir gelassen, während sein Urteil über Margaret ungleich milder ausfiel – er sei »betrübt und enttäuscht« über ihren Vertrauensbruch, mehr nicht. Margaret saß zusammengesunken auf der Anklagebank und gab sich betont gefasst, wischte sich nur hin und wieder verstohlen eine Träne ab – Außenstehenden drängte sich vermutlich der Eindruck auf, dass ich der skrupellose Drahtzieher der ganzen Geschichte war, der seine nette spanische Ehefrau eiskalt hatte sitzen lassen, um diese unbescholtene Bilanzbuchhalterin zu manipulieren und für seine Zwecke einzuspannen. Auf Anraten unserer Verteidiger bekannten wir uns beide schuldig – eine Taktik, die zumindest in Margarets Fall aufgegangen war.

Gestern Abend habe ich im Richard the Lionheart in Cromer, Norfolk, dreieinhalb Gläser Bier, einen noch fast vollen Gin Tonic und einen Bacardi-Alkopop abgegriffen. Das ist ein Kinderspiel – und hängt mit der Alkoholabhängigkeit zusammen, die ich im Gefängnis entwickelt habe. An Wochenenden klaue ich Getränke in überfüllten Pubs oder, besser noch, während der Sommersaison in den Biergärten. Ich sitze da, mit einem Glas Bitter Lemon oder Cola Light vor mir auf dem Tisch, und warte, bis die Barkräfte hinter der Theke hervorkommen, um die leeren Gläser abzuräumen. Dann hefte ich mich unauffällig an ihre Fersen, und in dem Trubel, der mit ihrem Auftauchen oft einhergeht, gelingt es mir mitunter, ein unbewachtes Getränk an mich zu nehmen, mit dem ich mich eilig davonmache, um es in sicherer Entfernung hastig herunterzugluckern. Mit Cliquen junger Männer und Frauen, die ihre Getränke im Pub zurücklassen, wenn sie zwischendurch vor die Tür gehen, um eine zu rauchen, habe ich besonders leichtes Spiel. Da stehen dann fünf oder sechs Gläser herrenlos auf einem Sims oder Tisch – niemand weiß, wem diese Getränke gehören, niemand achtet weiter darauf. Auch einsame Pub-Besucher, die zur Toilette gehen und ihr Getränk zurücklassen, machen es mir sehr leicht. Außerdem kommt es erstaunlich oft vor, dass Leute sich ein Getränk kaufen und dann den Pub verlassen, ohne ihr Glas Bier oder Wein auszutrinken. Auch hier bediene ich mich diskret und trinke, was von anderen verschmäht wurde – was allerdings, streng genommen, kein Diebstahl ist. Oder ist es Diebstahl, eine Zeitung zu lesen, die jemand anderes im Zug liegen lassen hat? Selbstverständlich nicht. Als erfolgreicher, hochqualifizierter, wohlsituierter Architekt eine Haftstrafe anzutreten und nach den Jahren im Gefängnis als gerade noch funktionsfähiger Alkoholiker wieder auf freien Fuß zu kommen, war in meiner Lebensplanung nicht direkt vorgesehen, und nach der Schande, die ich auf mich geladen hatte, wurde mir vom Berufsverband natürlich das Recht aberkannt, weiter den Titel Architekt zu führen. Ich verfügte noch über ausreichend Mittel, um mir ein kleines Cottage in South Runton zu kaufen, unweit von Cromer, und mich dort als

»Baudesigner« niederzulassen. In den ersten Jahren erhielt ich einige Aufträge – ich entwarf und plante einen Cricket-Pavillon, ein Gewächshaus hinter einem Kindergarten, den Anbau einer Arztpraxis in King's Lynn – und führte alles in allem ein ruhiges, unauffälliges Leben. Doch mit der Zeit verschlechterte sich die Auftragslage langsam, aber sicher – ich fragte mich, ob sich in der Gegend irgendwie herumgesprochen haben könnte, was bei Freedlander, Cobb vorgefallen war. Würde mich nicht wundern, wenn Julius Freedlander persönlich im Hintergrund die Fäden gezogen hätte, um meinen guten Namen in und um East Anglia systematisch in Verruf zu bringen ... Jedenfalls habe ich seit anderthalb Jahren nicht mehr gearbeitet und bin mit meinen Hypothekenzahlungen ernsthaft im Rückstand. Ich habe kürzlich mein Auto verkauft und mir ein Fahrrad zugelegt. Die große Freude meines Lebens, vom Trinken abgesehen, sind meine Töchter Lolita und Bonita – oder vielmehr »Lola y Bona«. Unter diesem Namen feiern die beiden als singendes Pop-Duo in Spanien und anderen Mittelmeeranrainerstaaten – Griechenland, Kroatien, Zypern – wahrhaft phänomenale Erfolge. Sie haben eine eigene Webseite: www.lolaybona.es – ein Besuch lohnt sich, ihre Berühmtheit ist zwar auf einige wenige Länder begrenzt, aber dort sind sie umjubelte Stars. Einmal die Woche radle ich nach Cromer, um mir dort sämtliche ausländischen Klatsch-Magazine zu besorgen, die ich auftreiben kann – ¡*Calor!*, *Proximité*, *Peep'L*. Alle Fotos von Lola y Bona schneide ich säuberlich aus und hefte sie an eine riesige Pinnwand, die über die gesamte freie Wand in meiner Küche reicht. Immerhin etwas, das mir im Leben gelungen ist, und diesen Erfolg zelebriere ich mit meiner Wandcollage.

Bei meinem Abstecher letzte Woche nach Cromer habe ich mich mit meinem Packen Zeitschriften ins Lionheart gesetzt und sie dort durchgeblättert, auf der Suche nach Bildern von meinen Babys. Ich fand auch einige, von einem Filmfestival in Dubrovnik. Braun gebrannte, gertenschlanke Mädchen, sehr sexy, mit glänzendem pechschwarzem Haar, wie ihre Mutter. Sie sind eineiige Zwillinge, das macht sie so besonders – ihre Songs wirken eher austauschbar, muntere, unbeschwerte Popmusik, wie sie heute üblich ist, rhythmusbetont, mit viel Percussion und Trommelgetöse – aber diese beiden Mädchen, gerade achtzehn, die sich gleichen wie ein Ei dem anderen, unmöglich, sie auseinanderzuhalten …

Ein Mann, mit dem ich entfernt bekannt bin, sprach mich an und fragte, ob ich gern etwas trinken würde, und ich bat um einen großen Wodka Tonic. Er ist Schriftsteller, glaube ich, und interessiert sich sehr für meine Zeit im Gefängnis. Ich unterhalte ihn mit deftigen Anekdoten aus meinen Jahren im »Knast« – wobei ich den Verdacht habe, dass er das alles in einem Buch verarbeiten wird. Nachdem er sich verabschiedet hatte, gelang es mir, im Pub noch einige Glas Bier und ein fast volles Glas Rotwein zu ergattern. Danach bummelte ich zum Strand hinunter. Ich mag Cromer, das an den äußersten östlichen Rand von England geschmiegt ist, an den Rand von Englands rundem, molligem Po, sozusagen. Ich denke an Kontinentaleuropa, da drüben auf der anderen Seite der Nordsee, und überlege, wo Lola y Bona wohl gerade sein mögen: Mallorca, Zagreb, Larnaca, Tel Aviv? Dabei habe ich das Gefühl, die Entfernung von ihnen in Gedanken zu überbrücken – ich bin zwar nicht in ihrer Nähe, aber eben auch nicht so weit weg.

In einer Nebenstraße unweit vom Pier gibt es einen großen Antiquitätenladen mit allerlei Schnickschnack, und ich ging hinein, um die Zeit totzuschlagen. Dort machte ich eine Entdeckung, die mich einigermaßen verblüffte: Unter den Ansteckern und Anstecknadeln, die in einem kleinen Schaukasten auf dunklem Samt aufgereiht waren, befand sich auch ein Speedbird-Anstecker der BOAC. Ich bat darum, mir das Stück näher ansehen zu dürfen, und erkundigte mich nach dem Preis. Hundertfünfzig Pfund, erklärte mir der Ladeninhaber – ein Mensch mit buschigem Backenbart, der am liebsten auffällig karierte Anzüge mit knallbunten Westen trägt. Ein Preisschild befand sich natürlich nicht an dem Anstecker – für wie blöd hielt der Kerl mich? »Ein seltenes Stück«, fügte er hinzu, »extrem selten.« Auf meine Frage, wie weit er bereit sei, mir entgegenzukommen, erwiderte er, hundertdreißig Pfund, das sei der absolute Mindestpreis. Ich prustete abschätzig, erzählte ihm, dass ich als Junge selbst so einen Speedbird-Anstecker besessen hätte. Den hätten Sie mal schön behalten sollen, Kumpel, sagte er mit schadenfroh-hämischem Unterton: sehr selten, ein überaus gesuchtes Stück bei Leuten, die derlei alte Werbeartikel von Fluggesellschaften sammeln. Ich werd's mir überlegen, mit diesen Worten heftete ich den Anstecker wieder an die leicht wattierte Samtunterlage, wobei ich allerdings darauf achtete, die Nadel auf der Rückseite nicht vollständig zuzuhaken. Nächstes Wochenende komme ich noch mal her.

Julian Barnes

Ein perfekter Flirt

Anfang der neunziger Jahre war er einmal in Zürich gewesen und dort in einen schmucklosen, wenig einladenden Zug nach München gestiegen. Der Grund für diese Schäbigkeit wurde bald ersichtlich: Die Endstation war Prag, und es handelte sich um altes kommunistisches rollendes Material, das gnädigerweise die untadelig kapitalistischen Gleise beflecken durfte. Am Fenster saß ein tweedgewandetes Schweizer Paar, mit Reisedecken, Butterbroten und älteren Koffern bepackt (das war schon in Ordnung, ein Koffer konnte – sollte sogar – älter sein), die nur ein Herr in mittleren Jahren aus England in das Gepäcknetz zu wuchten vermochte. Ihm gegenüber saß eine große blonde Schweizerin in scharlachroter Jacke und schwarzen Hosen, die ein gewisses Goldgeklimper verbreitete. Er hatte sich gedankenlos wieder seiner europäischen Ausgabe des *Guardian* zugewandt. Der Zug hatte gemächlich holpernd die ersten Kilometer zurückgelegt, und wenn er langsamer wurde, ging jedes Mal neben ihm mit lautem Knall die Abteiltür auf. Dann fuhr der Zug wieder schneller, und die Tür polterte mit einem weiteren ungedämpften Krachen wieder zu. Alle paar Minuten wurden ein, zwei oder gar vier stumme Flüche gegen einen unbekannten tschechischen Wagenkonstrukteur ausgestoßen. Nach einer Weile legte die Schweizerin ihre Zeitschrift hin, setzte eine dunkle Brille auf und lehnte den Kopf zurück. Die Tür knallte noch ein paarmal, bis der Herr aus England den Fuß dagegenstellte. Dazu musste er sich etwas verdrehen, und in dieser unbequemen, wachsamen Haltung verharrte er etwa eine halbe Stunde lang. Sein Dienst endete, als ein Schaffner mit der Metallzange an das Fenster klopfte (ein Geräusch, das er schon jahrzehntelang nicht mehr gehört hatte). Sie wachte auf, zeigte ihre Fahrkarte vor, und als der Beamte gegangen war, sah sie ihn an und sagte:

»Vous avez bloqué la porte, je crois.«

»Oui. Avec mon pied«, hatte er pedantisch erläutert. Und dann, ebenso unnötig: »Vous dormiez.«

»Grâce à vous.«

Sie fuhren an einem See vorüber. Welcher das sei, hatte er gefragt. Sie konsultierte das andere Paar auf Deutsch. »Der Bodensee«, sagte sie. »Hier ist das einzige Schweizer U-Boot gesunken, weil man vergessen hatte, die Tür zuzumachen.«

»Wann war das?«, fragte er.

»Das sollte ein Witz sein.«

»Aha …«

»Je vais manger. Vous m'accompagnerez?«

»Bien sûr.«

Im Speisewagen wurden sie von breithüftigen tschechischen Kellnerinnen mit müdem Gesicht und naturbelassenem Haar bedient. Er bestellte ein Pils und eine Prager Omelette, sie einen unansehnlichen Haufen von diesem und jenem mit einer Scheibe Rindfleisch, Speck und einem grausam zugerichteten Spiegelei obendrauf. Seine Omelette erschien ihm so köstlich wie diese unverhoffte Situation. Er trank Kaffee, sie ein Glas heißes Wasser, in dem ein Teebeutel Marke Winston Churchill baumelte. Noch ein Pils, noch ein Tee, noch ein Kaffee, eine Zigarette, während die sanfte deutsche Landschaft vorüberratterte. Sie waren sich uneins gewesen über das Unglücklichsein. Sie sagte, Unglücklichsein käme vom Kopf, nicht vom Herzen her und würde von den im Kopf entstehenden falschen Vorstellungen hervorgerufen; er sah die Sache pessimistischer, unheilbarer und behauptete, Unglücklichsein käme ausschließlich vom Herzen her. Sie nannte ihn *Monsieur*, und sie redeten sich schicklicherweise per *vous* an; er fand die Spannung zwischen dieser sprachlichen Förmlichkeit und der unterstellten Intimität höchst sinnlich. Er lud sie zu seinem Vortrag am selben Abend in München ein. Sie antwortete, sie habe eigentlich nach Zürich zurückfahren wollen. Auf dem Bahnsteig in München hatten sie sich auf beide Wangen geküsst, und er hatte gesagt: »A ce soir, peut-être, sinon à un autre train, une autre ville ...« Es war ein vollendeter Flirt gewesen, dessen Vollendung sich dadurch bestätigte, dass sie nie zu seinem Vortrag erschien.

Anna Gavalda

Kleine Praktiken aus Saint-Germain

Saint-Germain!? Ich weiß, was Sie sagen werden: »Mein Gott, wie banal, meine Liebe, Sagan hat das lange vor dir gemacht und soooo viel besser!«
Ich weiß.
Aber was soll ich machen – ich bin nicht sicher, ob mir das Ganze auf dem Boulevard de Clichy passiert wäre, so einfach ist das. C'est la vie.
Doch behalten Sie Ihre Bemerkungen für sich, und hören Sie mir lieber zu, mein Gefühl sagt mir nämlich, dass die Geschichte Sie zum Schmunzeln bringen wird.
Sie lieben doch Herz-Schmerz-Geschichten. Wenn man Ihnen ans Herz rührt mit vielversprechenden Festen und Männern, die den Eindruck machen, sie seien Junggesellen und ein bisschen unglücklich.
Ich weiß, dass Sie das lieben. Das ist normal, aber Sie können nun einmal keine Groschenromane lesen, wenn Sie bei Lipp oder im Deux-Magots sitzen. Natürlich nicht, das geht nicht.

Also, heute Morgen bin ich auf dem Boulevard Saint-Germain einem Mann begegnet.

Ich ging den Boulevard hinauf und er hinunter. Wir befanden uns auf der geraden Seite, der eleganteren.

Ich habe ihn von Weitem kommen sehen. Ich weiß nicht, warum, vielleicht sein etwas lässiger Gang, der Mantel, der ihn elegant umwehte –. Kurz und gut, ich war zwanzig Meter von ihm entfernt und wusste, dass ich ihn mir angeln würde.

Und es hat geklappt, als er auf gleicher Höhe mit mir ist, merke ich, wie er mich ansieht. Ich werfe ihm ein schelmisches Lächeln zu, à la Cupido-Pfeil, nur ein bisschen zurückhaltender.

Er lächelt zurück.

Während ich meinen Weg fortsetze, lächele ich vor mich hin und denke an das Gedicht, das Baudelaire *Einer Vorübergehenden* gewidmet hat (schon bei Sagan vorhin werden Sie gemerkt haben, dass ich aus einem literarischen Fundus schöpfen kann, wie es so schön heißt!!!). Ich laufe weniger schnell, denn ich versuche mich zu erinnern ... *Groß schmal in tiefer trauer* ... danach weiß ich nicht weiter – dann ... *Erschien ein weib, ihr finger gravitätisch Erhob und wiegte kleidbesatz und saum* ... und am Schluss ... *Dich hätte ich geliebt, dich die's erkannt.*

Das macht mich jedes Mal völlig fertig.

Und die ganze Zeit über, göttliche Arglosigkeit, spüre ich noch immer den Blick meines heiligen Sebastian (He, Anspielung an den Pfeil! Dass Sie mir ja mitkommen!?) im Rücken: Das wärmt mir auf angenehmste Weise die Schulterblätter, doch lieber sterben, als mich umdrehen, dann wäre das Gedicht dahin.

Ich bin an der Bordsteinkante stehen geblieben und habe den Verkehrsstrom beobachtet, um auf Höhe der Rue des Saint-Pères die Straße zu überqueren.

Hinweis: Eine Pariserin, die etwas auf sich hält, überquert den Boulevard Saint-Germain niemals zwischen den weißen Linien an der Ampel. Eine Pariserin, die etwas auf sich hält, beobachtet den Verkehr und wirft sich zwischen die Autos, wohl wissend, dass sie ihr Leben riskiert.

Sterben für die Schaufensterauslagen von Paule Ka. Herrlich.

Ich will mich gerade in den Strom werfen, da hält mich eine Stimme zurück. Ich werde Ihnen zuliebe jetzt nicht von einer »warmen, männlichen Stimme« sprechen, denn das war nicht der Fall. Eine Stimme, sonst nichts.

»Pardon.«

Ich drehe mich um. Und wer steht vor mir? – meine kleine Beute von eben.

Ich kann es Ihnen im Grunde auch gleich sagen, von diesem Moment an ist es für Baudelaire gelaufen.

»Ich habe mich gerade gefragt, ob Sie heute Abend mit mir essen gehen würden?«

Bei mir denke ich »Wie romantisch«, aber ich antworte:

»Das geht ja wohl ein bisschen schnell, oder?«

Wie aus der Pistole geschossen kommt die Antwort, und ich schwöre Ihnen, dass ich die Wahrheit sage:

»Da gebe ich Ihnen recht, es geht ein bisschen schnell. Aber als ich gesehen habe, wie Sie verschwinden, habe ich gedacht: Das darf doch nicht wahr sein, da begegne ich auf der Straße einer Frau, ich lächele ihr zu, sie lächelt mir zu, wir streifen uns im Vorbeigehen und werden uns aus den Augen verlieren … Das darf einfach nicht wahr sein, nein wirklich, das wäre vollkommen absurd.«

»…«

»Was meinen Sie? Finden Sie das völlig bescheuert?«

»Nein, nein, keineswegs.«

Ich fing an, mich plötzlich weniger wohl zu fühlen.

»Nun? Was sagen Sie? Hier an dieser Stelle, heute Abend um neun, genau hier?«

Reiß dich am Riemen, Mädchen, wenn du mit allen Männern zu Abend isst, denen du zulächelst, dann gute Nacht!

»Nennen Sie mir einen einzigen Grund, weshalb ich Ihre Einladung annehmen sollte.«

»Einen einzigen Grund – mein Gott, ist das schwierig.«

Ich sehe ihn an, belustigt.

Dann ergreift er ohne Vorwarnung meine Hand:

»Ich glaube, ich habe einen einigermaßen akzeptablen Grund gefunden.« Er führt meine Hand über seine unrasierte Wange.

»Einen einzigen Grund. Hier ist er: Sagen Sie ja, damit ich eine Veranlassung habe, mich zu rasieren. Wirklich, ich glaube, ich sehe sehr viel besser aus, wenn ich rasiert bin.«

Und er gibt mir meinen Arm zurück.

»Ja«, sage ich.

»Das ist fein! Lassen Sie uns die Straße gemeinsam überqueren, bitte, ich möchte Sie jetzt nicht mehr verlieren.«

Dieses Mal sehe ich *ihm* hinterher, wie er in die entgegengesetzte Richtung verschwindet, er wird sich die Hände reiben, als hätte er gerade einen guten Deal gemacht.

Ich bin sicher, dass er total zufrieden mit sich ist. Er hat allen Grund dazu.

Später Nachmittag, ein bisschen nervös, muss ich zugeben.

Bin über meine eigenen Beine gestolpert und weiß jetzt nicht, was ich anziehen soll. Schutzkleidung wäre naheliegend.

Ein bisschen nervös wie eine Anfängerin, die weiß, dass ihre Fönfrisur danebengegangen ist.

Ein bisschen nervös, wie auf der Schwelle zu einer Liebesgeschichte.

Ich arbeite, ich gehe ans Telefon, ich verschicke Faxe, ich mache das Layout für den Illustrator fertig. (Halt, na klar – ein hübsches und lebhaftes Mädchen, das in der Gegend von Saint-Germain Faxe verschickt, arbeitet in einem Verlag, na klar.)

Meine Fingerspitzen sind eiskalt, und ich muss mir alles wiederholen lassen, was die Leute mir sagen.

Durchatmen, Mädchen, tief durchatmen ...

In der abendlichen Dämmerung ist der Boulevard zur Ruhe gekommen, und die Autos fahren mit Standlicht.

Die Cafétische werden hereingeholt, die Leute warten auf dem Kirchplatz auf ihre Verabredung, andere stehen am Beauregard Schlange, um den letzten Woody Allen zu sehen.

Ich kann unmöglich als Erste kommen (das

schickt sich nicht). Nein. Ich werde lieber ein wenig zu spät kommen. Ihn ein bisschen auf mich warten lassen, das ist besser.

Zur Stärkung werde ich mir einen kleinen Drink genehmigen, damit meine Finger wieder richtig durchblutet werden.

Nicht im Deux-Magots, dort ist das Publikum am Abend ein bisschen provinziell, dort sitzen nur dicke Amerikanerinnen, die dem Geist von Simone de Beauvoir nachjagen. Ich gehe in die Rue Saint-Benoît. Das Chiquito ist genau der richtige Ort.

Ich stoße die Tür auf, und sofort ist er da: der Geruch nach Bier, vermischt mit dem nach kaltem Zigarettenrauch, das Dingdingding des Flippers, die thronende Wirtin mit den gefärbten Haaren und einer Nylonbluse, die den Blick auf einen BH mit dicken Bügeln freigibt, das abendliche Pferderennen von Vincennes im Hintergrund, ein paar Maurer in ihren fleckigen Arbeitshosen, die die Stunde der Einsamkeit oder die Zeit mit der Alten noch ein wenig hinauszögern wollen, und ein paar alte Stammgäste mit gelben Fingern, die allen auf den Geist gehen mit ihren Mietpreisen von 48. Das Glück.

Die Typen am Tresen drehen sich von Zeit zu Zeit um und prusten los wie Schuljungen. Meine Beine stehen im Mittelgang und sind sehr lang. Der Gang ist ziemlich schmal und mein Rock sehr kurz. Ich sehe ihre gebeugten Rücken, die vor Lachsalven erzittern.

Ich rauche eine Zigarette und blase den Rauch weit von mir. Mein Blick schweift in die Ferne. Ich weiß jetzt, dass Beautiful Day das Rennen gemacht hat, zehn zu eins in der Zielgeraden.

Mir fällt ein, dass ich *Kennedy et moi* in der Tasche habe, und ich frage mich, ob ich nicht besser daran täte, hierzubleiben.
 Eine Portion Linsen mit gepökeltem Schweinefleisch und eine halbe Karaffe Rosé – wie ginge es mir gut.
 Aber ich reiße mich wieder am Riemen. Schließlich stehen Sie hinter mir, sehen mir über die Schulter und hoffen auf die Liebe (auf weniger? oder mehr? oder beinahe?) mit mir, und ich werde Sie nicht mit der Wirtin des Chiquito im Stich lassen. Das wäre echt hart.
 Ich gehe mit rosigen Wangen nach draußen, und die Kälte schlägt mir gegen die Beine.

Er ist da, an der Ecke zur Rue des Saint-Pères, er wartet auf mich, er kommt auf mich zu.
 »Ich hatte schon richtige Angst. Ich hatte ge-

glaubt, Sie kämen nicht. Ich habe mein Spiegelbild in einem Schaufenster gesehen, habe meine glatten Wangen bewundert und Angst bekommen.«

»Tut mir leid. Ich habe auf das Ergebnis von Vincennes gewartet und dabei die Zeit vergessen.«

»Wer hat gewonnen?«

»Spielen Sie?«

»Nein.«

»Beautiful Day hat gewonnen.«

»Na klar, hätte ich mir denken können«, er lächelt und nimmt mich am Arm.

Schweigend gehen wir zur Rue Saint-Jacques. Von Zeit zu Zeit wirft er mir einen verstohlenen Blick zu, studiert mein Profil, aber ich weiß, dass er sich in dem Moment eher fragt, ob ich Strumpfhosen trage oder Strümpfe.

Geduld, mein Lieber, Geduld ...

»Ich werde Sie in ein Lokal führen, das mir gefällt.«

Ich sehe schon – so eins mit unbefangenen, aber dienstfertigen Kellnern, die ihm verschwörerisch zulächeln:

»Bosswaaa, Monsieur (das ist jetzt die Neueste – na ja, die Brünette vom letzten Mal hat mir besser gefallen), der kleine Tisch ganz hinten, wie immer, Monsieur? Kleine Verbeugungen (Mensch, wo liest er bloß die ganzen Puppen auf?) Darf ich Ihre Mäntel nehmen??? Très biiiiien.«

Er liest sie auf der Straße auf, du Schwachkopf.
Doch weit gefehlt.
Er ließ mich vorgehen und hielt die Tür zu einem kleinen Bistro auf, ein resignierter Kellner fragte nur, ob wir rauchen. Mehr nicht.
Er hängte unsere Sachen an die Garderobe und an der halben Sekunde, die er zögerte, als er mein zartes Dekolleté erblickte, wusste ich, dass er die kleine Schnittwunde nicht bereute, die er sich vorhin beim Rasieren zugefügt hatte, als seine Hände ihm einen Streich spielten.
Aus dicken bauchigen Gläsern haben wir hervorragenden Wein getrunken. Haben ziemlich leckere Sachen gegessen, bestens darauf abgestimmt, das Aroma unseres Nektars nicht zu verderben.
Eine Flasche Burgunder, Côtes de Nuits, ein Gevrey-Chambertin 1986. O Jesulein zart.

Der Mann mir gegenüber trinkt mit zusammengekniffenen Augen.
Ich kenne ihn jetzt besser.
Er trägt einen Rollkragenpullover aus grauem Kaschmir. Einen alten Rollkragenpullover. Mit Flicken am Ellbogen und einem kleinen Riss am rechten Handgelenk. Ein Geschenk zum zwanzigsten Geburtstag vielleicht. Seine Mutter, die wegen seiner enttäuschten Miene ein wenig gekränkt ist, sagt zu ihm: »Wirst schon sehen, du wirst es nicht

bereuen«, und sie küsst ihn zum Abschied und streicht ihm mit der Hand über den Rücken.

Eine sehr unauffällige Weste, die nach einer stinknormalen Tweedweste aussieht, die aber, was meinen Luchsaugen nicht entgeht, maßgeschneidert ist. Von Old England, die Etiketten sind größer, wenn die Ware direkt aus den Pariser Nähstuben stammt, und ich habe das Etikett gesehen, als er sich gebückt hat, um seine Serviette aufzuheben.

Seine Serviette, die er absichtlich hatte fallen lassen, um sich Gewissheit wegen der Strümpfe zu verschaffen, denke ich mir.

Er erzählt mir von allen möglichen Dingen, doch niemals von sich. Er hat stets etwas Mühe, den Faden der Geschichte wiederzufinden, wenn ich die Hand auf meinen Hals lege. Er sagt: »Und Sie?« Und auch ich erzähle ihm nichts über mich.

Während wir auf das Dessert warten, berührt mein Fuß seinen Knöchel.

Er legt seine Hand auf meine und zieht sie schnell zurück, als die Sorbets kommen.

Er sagt etwas, aber seine Worte dringen nicht zu mir vor.

Wir sind sehr bewegt.

Wie schrecklich. Gerade hat sein Handy geklingelt.

Wie auf Kommando richten sich alle Blicke auf ihn, und er stellt es hastig aus. Eben hat er sicher eine Menge gute Weine verdorben. Schlucke sind in wütenden Kehlen stecken geblieben. Leute haben sich verschluckt, Finger haben sich um die Griffe der Messer gelegt oder die Falten der gestärkten Servietten umklammert.

Diese verfluchten Dinger, irgendeiner hat immer eins, egal wo, egal wann.

So ein Rüpel.

Er ist verlegen. Ihm ist plötzlich ein wenig warm in dem Kaschmirpulli von seiner Mama.

Er nickt dem einen oder anderen zu, als wollte er seine Bestürzung zum Ausdruck bringen. Er sieht mich an, und seine Schultern sind leicht zusammengesackt.

»Es tut mir leid.« Er lächelt mich wieder an, weniger kampflustig jetzt, könnte man meinen.

Ich sage:

»Ist nicht so schlimm. Wir sind ja nicht im Kino. Eines Tages werde ich jemanden umbringen. Einen Mann oder eine Frau, die während der Vorstellung im Kino ans Telefon gegangen sind. Und wenn Sie über diesen Fall in der Zeitung lesen, werden Sie wissen, dass ich es war ...«

»Ganz bestimmt.«

»Lesen Sie die Rubrik ›Verschiedenes‹?«

»Nein. Aber ich werde damit anfangen, denn nur so habe ich die Chance, Sie dort zu finden.«

Die Sorbets waren, wie soll ich sagen, köstlich.

Zum Kaffee hat sich mein charmanter Prinz neben mich gesetzt, gestärkt.

So dicht, dass er jetzt Gewissheit hat. Ich trage Strümpfe. Er hat die kleinen Häkchen an meinen Oberschenkeln gespürt.

Ich weiß, dass er in diesem Augenblick nicht mehr weiß, wo er wohnt.

Er hebt meine Haare hoch und küsst meinen Nacken, in der kleinen Mulde.

Er flüstert mir ins Ohr, er liebe den Boulevard Saint-Germain, er liebe Burgunder und Sorbets an Cassis.

Ich küsse seine kleine Schnittwunde. Auf diesen Moment habe ich von Anfang an hingearbeitet.

Der Kaffee, die Rechnung, das Trinkgeld, unsere Mäntel, das alles sind nur noch Details, Details, Details. Details, in denen wir uns verfangen.

In unserem Brustkorb pocht es wie wild.

Er hält mir meinen schwarzen Mantel hin und da...

Ich bewundere das Werk des Künstlers, Hut ab, sehr unauffällig, fast unmerklich, bestens berechnet und überaus geschickt macht er das: Während er ihn auf meine nackten, gefälligen und seidenweichen Schultern legt, findet er die notwendige halbe Sekunde und die perfekte Kopfneigung zur Innentasche seiner Weste, um einen Blick auf das Display seines Handys zu werfen.

Mein Kopf ist wieder klar. Mit einem Schlag.
Verräter.
Undankbarer Kerl.
Unglücklicher, was hast du getan!!!
Wo warst du mit deinen Gedanken, als meine Schultern ganz rund, ganz warm waren und deine Hand ganz nah!?
Was schien dir wichtiger als meine Brüste, die sich deinem Blick darboten?
Wovon hast du dich ablenken lassen, während ich deinen Atem in meinem Rücken erwartete?
Hättest du deinen verfluchten Apparat nicht erst befingern können, nachdem du mit mir geschlafen hast?

Ich knöpfe meinen Mantel bis oben zu. Auf der Straße ist mir kalt, ich bin müde, und mir ist übel.
Ich bitte ihn, mich bis zum nächsten Taxistand zu begleiten.

Er ist geknickt.

Ruf s.o.s., mein Junge, du hast alles, was du brauchst.

Aber nein. Er bleibt stoisch.

Als wäre nichts passiert: Ich bringe nur eine gute Freundin zum Taxi, reibe ihr die Arme, um sie aufzuwärmen, und plaudere über die Pariser Nacht.

Er hat echt Stil, durch und durch, das muss man ihm lassen.

Bevor ich in einen schwarzen Mercedes steige, der in Val-de-Marne zugelassen ist, sagt er:

Aber wir werden uns doch wiedersehen, nicht wahr? Ich weiß nicht einmal, wo Sie wohnen. Lassen Sie mir etwas da, eine Adresse, eine Telefonnummer –

Er reißt ein Stück Papier aus seinem Terminkalender und kritzelt ein paar Zahlen darauf.

»Hier. Das Erste ist meine Nummer zu Hause, das Zweite mein Handy, da können Sie mich jederzeit erreichen.«

Das hatte ich begriffen.

»Vor allem, nur keine Scheu, wann immer Sie wollen, okay? Ich erwarte Ihren Anruf.«

Ich bitte den Fahrer, mich am Ende des Boulevards abzusetzen, ich brauche Bewegung.

Ich kicke nicht vorhandene Konservendosen über die Straße.

Ich hasse Handys, ich hasse Sagan, ich hasse Baudelaire und diese ganzen Scharlatane.

Ich hasse meinen Stolz.

Tessa Hadley

Meeresleuchten

Die Cooley-Jungs verbrachten ihre Sommer immer im Cottage in West Wales. Sie hatten ein Boot, also waren sie die meiste Zeit auf dem Wasser, oder sie spielten Cricket am Strand, oder sie halfen ihrer Mutter dabei, das Cottage zu renovieren. In dem Sommer, als Graham dreizehn war, verbrachte seine Mutter ganze Tage in Shorts, T-Shirt und alten Turnschuhen auf dem Dach und erneuerte die Schieferplatten. Ihr Vater zog jeden Tag alleine los und malte Landschaften.

In diesem Sommer herrschte das übliche Kommen und Gehen von Freunden und Verwandten, die entweder auch im Cottage wohnten oder in dem winzigen, sehr einfachen Chalet auf der anderen Seite der Wiese. Grahams Mutter hatte es für Besucher zurechtgemacht, die im Haus keinen Platz mehr fanden. In diesem Chalet wohnte Claudia mit ihrer Familie: Die Cooleys kannten sie nicht besonders gut, ihr Mann war Techniker im Labor von Grahams Vater an der Universität. Ihre Kinder waren zu klein für die Spiele der Cooley-Jungs.

Zu Beginn beachtete Graham Claudia nicht mehr als all die anderen, die auf der weit entfernten Erwachsenenseite der Welt in sein Blickfeld schwammen und wieder verschwanden. Dann aber begann sie ihm eine ganz besondere Art der Aufmerksamkeit zu schenken. Als vierter von fünf Brüdern war er schon überrascht, wenn die Freunde seiner Eltern sich daran erinnerten, welche Schule er besuchte und wie alt er war. Claudia, diese erwachsene Mutter von drei Kindern, machte es sich zum Prinzip, sich neben ihn zu setzen. Wenn sich alle auf die Rückbank des alten Dormobile-Campers quetschten oder sich zum Essen um den Tisch im Cottage oder abends im Wohnzimmer zum Karten- oder Monopoly-Spielen versammelten, platzierte sie sich einfach neben ihn und ließ dann das Gewicht ihres Beines gegen seines sinken. Meistens hatten alle nackte Beine: Er war immer noch so jung, dass er kurze Hosen trug, auch an kühleren Tagen, und bei Frauen waren zu dieser Zeit kurze Röcke in Mode. Sie rasierte ihre braun gebrannten Beine (seine Mutter nicht): Er sah und spürte die Stoppeln. Manchmal begann sie nach einer Weile fast unmerklich zu drücken, nur ganz leicht. Immer hätte es auch ein Versehen sein können.

Wahrscheinlich tat sie das schon eine ganze Weile, ehe er es überhaupt bemerkte. Er war dreizehn,

Sex hatte er bisher kaum im Sinn, jedenfalls nicht als eine körperliche Möglichkeit, als etwas, das er mit anderen Menschen haben könnte. Und selbst als er es bemerkt hatte und fortan immer ein wenig nervös und ängstlich darauf wartete, dass sie sich einen Platz suchte, war er zunächst nicht sicher, ob er sich das alles nur einbildete.

Von nun an achtete er die ganze Zeit auf Claudia, ja er achtete auf kaum mehr etwas anderes. Sie war mollig und blond, hübsch und unordentlich: Er bemerkte, dass ein Knopf ihrer Bluse immer wieder aufging, weil sie über der Brust spannte, und dass ihre Kleidung, die glamourös wirken sollte, zerknittert war, weil ihre Kinder immer auf ihr herumkletterten. Mit einer Badetasche über der Schulter und einem kleinen Kind auf dem Arm kämpfte sie sich Richtung Strand, wobei einer ihrer Lederflipflops immer wieder umklappte und er hörte, wie ihr ein halblautes »Shit« entfuhr. Einmal hörte er, wie sie ihren Mann anfauchte, als sie versuchte, das Taschenbuch zu lesen, das sie jeden Tag mit an den Strand schleppte, und die Kinder sie andauernd mit Pipi, Essenswünschen oder Streits unterbrachen: »Wenn ich jetzt nicht endlich diesen verdammten Satz zu Ende lesen kann, fange ich an zu schreien!« Grahams Eltern fluchten niemals, solche Worte hörte er sonst nur in der Schule oder von seinen Brüdern.

Claudia war ganz eindeutig eine richtige Erwachsene. Sie dachte an alles, was ihre Familie für den Strand brauchte: Schwimmsachen und Handtücher, Picknick, Sonnencreme und Wechselklamotten für das Baby, Schläger und Bälle. Sie fütterte und tröstete alle. Eine ihrer kleinen Töchter trat auf eine Qualle und weinte eine halbe Stunde lang, ehe sie auf Claudias Schoß einschlief, während Claudia ihr vom Meerwasser klebriges Haar streichelte. Aber wenn Graham ihr gegen das Meer blinzelnd dabei zusah, wie sie mit seinen Brüdern Badminton spielte – wie sie im rückenfreien Top und mit Schiffermütze stöhnend und rennend den Federball über das Netz schlug –, sah er, dass sie noch jung war; nicht jung wie er, aber so wie Tim und Alex. Das musste der Grund sein, warum sie immer noch verrückt genug war, sich ihm gegenüber so zu benehmen. Bei Tim oder Alex hätte sie das nicht bringen können, weil es dann zu echt gewesen wäre. Sie hätte sich eingestehen müssen, was da lief, denn die beiden hätten es kapiert. Mit ihm dagegen war das so weit abseits alles Möglichen – es konnte einfach nicht sein.

Am Strand gab es keine Situationen, in denen man aneinandergedrängt wurde. Aber sie fand andere Möglichkeiten: Er spürte, wie ihn ein sandiger, rauer Zeh berührte, oder wie die Haut ihres Arms an seiner Schulter glühte, wenn sie an ihm vorbei Sandwiches weiterreichte. Es war so subtil, dass auch dem aufmerksamsten Beobachter nichts aufgefallen wäre: eine Reihe von unschuldigen Zufällen, nur dadurch verbunden, dass ihm ihre Berührungen brennend bewusst waren.

Von außen betrachtet war sie besonders nett zu ihm, fragte ihn nach der Schule oder nach seiner Meinung zu allem, worüber die anderen gerade sprachen, über das Boot, das Wetter. Sie wählte ihn aus, um sich die Regeln von Racing Demon erklären zu lassen; er musste die ersten paar Runden mit ihr zusammen spielen. Als sie sich aufgeregt über den Tisch beugte, um zu sehen, was ausgespielt wurde – sie war kurzsichtig, trug aber ihre Brille nicht –, drängte sie ihn in die Ecke, und er roch ihren Schweiß. Seine Mutter bedankte sich bei ihr, dass sie Graham aus der Reserve lockte. Er hatte im Familiengefüge die Rolle des Schüchternen: Alex war der Schlaue, Phil der Sportliche und so weiter ...

Mit der Zeit konnte er seine Mutter kaum mehr ansehen. Sie war wie ein summender schwarzer Raum, wo zuvor etwas Vertrautes, Unhinterfragtes gewesen war: Er konnte nicht gleichzeitig an sie und Claudia denken. Voller Leidenschaft begrüßte er alles, was Claudia anders machte als seine Mutter: Sie gähnte, wenn seine Mutter empört über Naturschutz oder Bürokratie dozierte, das Familienessen kam oft aus der Dose (die Küche im Chalet war primitiv, aber seine Mutter hätte langsam geschmorte Schonkost zubereitet), sie flirtete mit seinem Vater und beugte sich über ihn, um sich anzusehen, was er an diesem Tag gemalt hatte. Sie rauchte. Sie trug Lippenstift und Farbe auf den Augenlidern, sie roch nach Parfüm und gab bereitwillig zu, dass sie keine Zündkerze wechseln konnte, ganz zu schweigen vom Neuverkabeln eines Hauses (was Grahams Mutter im vorigen Sommer im Cottage gemacht hatte).

Eines Abends – dem letzten, den Claudias Familie im Cottage verbrachte – herrschte Hochwasser: Der ganze flache, sandige Grund der Senke, durch die sie normalerweise zum Strand spazierten, war vom Meer überflutet. Sie machten ein Lagerfeuer, brieten Würstchen und Kartoffeln und fuhren der Reihe nach mit einem Ruderboot raus. Das Wasser war seicht und ruhig; dort, wo sonst der Fluss war, musste man auf die Strömung aufpassen, doch seine Mutter hielt nichts davon, die Kinder zu sehr zu behüten. An diesem Abend war das Wasser von Meeresleuchten erfüllt, kleine Lebewesen, die im Dunkeln schimmerten: eine von Enzymen katalysierte chemische Reaktion, wie ihr Vater ihnen erklärte.

Graham fuhr mit Claudia und ihren Töchtern raus: Sie saß ihm gegenüber, während er ruderte, und die zwei kleinen Mädchen kuschelten sich an sie und waren ausnahmsweise mal ganz still. Jedes Mal wenn er die Ruder aus dem Wasser hob, tropfte flüssiges Licht in die Dunkelheit hinab, und wo die Ruder wieder ins Wasser tauchten, schlugen sie helle Löcher und sandten gekräuselte Lichtwellen aus. Im Dunkeln zog Claudia die Schuhe aus und legte ihre Füße auf seine. Er ruderte barfuß, seine Flipflops lagen im Sand. Er führte die Ruder mit vollkommen regelmäßigen Zügen, vor und zurück, wie in Trance, bis irgendwann die anderen vom Strand aus nach ihnen riefen: »Komm schon, du Idiot! Gib das Boot ab, lass mal jemand anderen ran!«

Und die ganze Zeit über strich sie mit ihren Füßen über seine; er spürte die dicke Hornhaut an ihren Fersen und Fußballen, ihre braunen, gespreizten Zehen, den harten Nagellack und den reibenden Sand, der vom feuchten Boden des Bootes an ihren Knöcheln und Unterschenkeln klebte.

Dann am nächsten Tag reiste sie ab, und er litt. Zum allerersten Mal wie ein Erwachsener – heimlich.

Über fünfundzwanzig Jahre später, als Graham selber Kinder hatte, sah er Claudia wieder. Das Oberstufen-College, an dem er unterrichtete, wurde hin und wieder außerhalb der Unterrichtszeit vermietet: Eines Freitags musste er wegen einer Sitzung länger bleiben, und als er gerade gehen wollte, kamen ihm Teilnehmer irgendeiner Konferenz entgegen. Sein Blick fiel auf die Tafel im Foyer: ein Kurs über Lebensmittelhygiene. Die Frau, die auf der Außentreppe direkt auf ihn zukam, die Kursunterlagen an die Brust gepresst, und selbstsicher mit einer Freundin plauderte, war dicker und gepflegter (alle ihre Knöpfe waren zu), und ihr schulterlanger Bob schimmerte komplett grau. Aber sie war es ganz eindeutig: das kampfeslustige Kinn, die Stupsnase, der breite Mund. All das hatte er jahrzehntelang vergessen, und jetzt fügte es sich wieder zu ihren unverwechselbaren Zügen zusammen.

In dem Augenblick, als sie an ihm vorbei war, kamen ihm Zweifel. Er bildete sich nur etwas ein; irgendeine Gesichtspartie einer Fremden hatte eine Erinnerung in ihm wachgerüttelt, von der er nicht wusste, dass sie noch in ihm schlummerte. Er drehte sich um und sah, wie sie durch die Schwingtür trat. Dann kam eine weitere Frau mit Unterlagen die Treppe hochgeeilt und sah an ihm vorbei: Sie hatte jemanden entdeckt, den sie kannte. »Claudia!«, rief sie. Und die grauhaarige Frau wandte sich um.

Seine Frau hatte sich an diesem Abend mit ihren Freundinnen einen Film angesehen. Als sie nach ein paar Drinks in der Bar des Kulturzentrums nach Hause kam, ungestüm und defensiv zugleich, erzählte er ihr von Claudia. Er hatte Hausarbeiten seiner Schüler korrigiert und sah jetzt, wie sie einen Blick auf die leeren Kaffeetassen auf dem Tisch warf, als wären sie eine Ermahnung, wie pflichtbewusst er im Gegensatz zu ihr war. Puritanisch, wie sie es nannte.

Er war sich nicht ganz sicher, warum er ihr ausgerechnet jetzt von Claudia erzählte. Carol hatte vor Jahren darauf bestanden, ihm alle ihre Erfahrungen mit Männern zu gestehen, aber er hatte das alles gar nicht wirklich wissen wollen, nicht aus Eifersucht, sondern aus echtem Gleichmut: Solche Dinge konnte man sowieso nicht teilen. Sie beugte sich vor, um die Tassen abzuräumen, und er roch den Wein in ihrem Atem: Er stellte sich vor, wie sie sich wie üblich bei Rose und Fran darüber beklagte, dass das Einzige, wofür er sich wirklich begeistern konnte, Quantenmechanik und Quarks seien. Dann fühlte er sich, als habe er ihr etwas vorenthalten, ein Wissen, ohne das sie angreifbar war.

Als sie zusammen im Dunkeln im Bett lagen, begann er zu erzählen. Ihr gefiel seine Geschichte nicht. Zuerst glaubte sie ihm nicht. »Oh, aber Gray! Das hast du dir eingebildet! Warum sollte eine erwachsene, vernünftige Frau mit einem ...«

Dann stand sie auf, schaltete das Licht an, setzte sich an den Kosmetiktisch und cremte ihr Gesicht ein. Nüchtern und schnell, als hätte sie es vor dem Zubettgehen vergessen, massierte sie die Creme in Gegenrichtung zu allen hängenden Hautpartien mit den Fingerspitzen ein und konzentrierte sich wütend auf ihr Spiegelbild.

»Aber was würdest du denn denken, wenn du das hören würdest … Wenn du von einem Mann hörst, der das mit einem dreizehnjährigen Mädchen, mit deiner eigenen Tochter, mit Hannah macht? Was würdest du dann denken? Es ist *grauenhaft*.«

Er sagte ihr nicht, dass er Claudia wiedergesehen hatte.

An ihre Adresse kam er ganz einfach, indem er den Kursleiter anrief. Zweimal fuhr er in seiner Mittagspause zu dem Haus, aber niemand war da. Es lag versteckt in einer kleinen Straße von Kutscherhäuschen, ein eckiges, georgianisches Haus mit modernem Glasanbau: Als er reinlugte, sah er türkische Teppiche auf gepflastertem Boden, abstrakte Gemälde an den Wänden, eine riesige weiße Papierkugel als Lampenschirm. Er glich die Adresse mit seiner Notiz ab, um sicherzugehen, dass er richtig war: Alles an dem Haus verstrahlte dezenten Wohlstand, weit mehr als sich ein Labortechniker oder auch ein College-Lehrer hätten leisten können.

Beim dritten Mal ging er nach der Schule vorbei, und ein pflaumenfarbener alter Jaguar parkte auf dem Vorplatz unter einem blühenden Kirschbaum, der die Motorhaube mit Blütenblättern schmückte. Claudia öffnete die Tür. Sie trug einen Batik-Kimono, und er konnte noch die gerade gelöschte Zigarette riechen.

»Claudia? Ich bin Graham Cooley.«

Sie hatte nicht den leisesten Schimmer und kramte halbherzig in ihrem Gedächtnis, während sie ihm die hingestreckte Hand schüttelte.

»Es ist schon lange her. Wir haben zusammen Ferien gemacht, und du hast in unserem Chalet in West Wales gewohnt.

»O Cooley! Das ist ewig her! Meine Güte! Ich glaube, ich erinnere mich. Die Familie mit den ganzen Jungs. Welcher warst du? Aber das war ja in einem anderen Leben! Wie merkwürdig. Und du bist natürlich erwachsen geworden.«

Sie trat noch immer nicht von der Tür zurück, um ihn hereinzubitten, sondern bewachte stur irgendein kleines intimes und friedliches Ritual, das er unterbrochen hatte. Von Nahem konnte er erkennen, wo die Haut unter dem Kinn schlaff wurde, und dass sie von zu viel Sonne Fältchen um die Augen hatte.

Er ließ sich nicht abwimmeln. Voller Bedenken – was konnte er nur wollen? – und obwohl sie Mühe hatte, sich an irgendetwas über seine Mutter und seinen Vater zu erinnern, über das man hätte plaudern können, ließ sie ihn ein, kochte Kaffee und platzierte ihn auf einen Stuhl aus hellem Holz und Chromröhren. Sie saßen in dem verglasten Zimmer, sie ihm gegenüber. Der Kaffee war gut, starker Espresso.

»Nun, was ist aus dir geworden, Graham?«, fragte sie. »Deine ganze Familie war so unglaublich begabt, nicht wahr? Fast beängstigend. Wie geht es deinen Brüdern? Warst du der dritte? Tim hieß einer, oder? Und Paul?«

»Nicht Paul«, sagte er, »Philip. Ich war der vierte.« Er streckte den Arm aus – der Chromstuhl sah zwar komisch aus, war aber bequem und solide – und legte seine Hand schwer über dem Knie auf ihr Bein. Sie hatte einiges zugelegt, war ziemlich drall zwischen Brust und Hüfte, aber ihr Fleisch war kompakt und warm. »Erinnerst du dich nicht? Wirklich nicht?«

Sie erstarrte. Sie sah ihn bestürzt an und dachte zuerst nur: Wer ist das bloß, wie kriege ich ihn hier raus und warum habe ich ihn überhaupt hereingelassen, obwohl ich es hätte besser wissen müssen? Aber als er dann ihren Blick suchte, öffnete sich etwas hinter ihren Augen, irgendein schützender Vorhang, und die Erinnerung durchfuhr sie, erfüllte sie, färbte ihre Haut immer röter, ließ ihren Körper erschlaffen, füllte sogar ihre Augen mit Tränen. »O doch«, sagte sie. »Oh ... oh, also wusstest du es doch. Mein Gott, ich habe mir im Nachhinein eingeredet, dass du es nicht bemerkt hast, dass es nur meine eigene Phantasie war ... Und jetzt, also, ich habe es einfach vergessen, alles vergessen. Es ist Jahre her, seit ich zuletzt an diesen Sommer gedacht habe ...«

»Du erinnerst dich?«

»Nun ja, wie schrecklich. Ich dachte aber wirklich, dass du es nicht verstanden hattest, dass alles nur meine grauenhafte Idee war.«

»Aber im Boot ...«

»Im Boot? Im Boot? Was habe ich im Boot getan? Oh, sag nichts, bitte, ich will es nicht wissen. O Gott, ich kann es nicht erklären, es gibt keine Erklärung. Als mein eigener Sohn in dieses Alter kam, dachte ich immer, dieser Junge ... Es war so ein scheußlicher Sommer, Don und ich ... Ich weiß noch, ich saß immer am Strand und träumte davon, ihn mit dem Küchenmesser zu zerfleischen. Armer Don. Er war wirklich nicht so übel. Den ganzen Sommer zusammen in dieser dämlichen Hütte eingepfercht.« Sie sah ihn erschrocken an. »Du weißt, dass Don und ich getrennt sind? Nein, natürlich nicht, woher auch? Aber das war in einem anderen Leben. Mein Mann ist Architekt. Wir haben zusammen noch eine Tochter, insgesamt habe ich vier

Kinder …« Sie zählte ihm das alles auf, als schulde sie ihm eine Erklärung.

»Sind die Kinder in der Schule?«

»In der Schule? Wieder wurden ihre Augen feucht, ihr schlaffer Mund verzog sich zu einem Lächeln, sie nahm seine Hand von ihrem Knie. »Ich bin Großmutter. Ich habe zwei Enkelkinder. Die Tochter, die du nicht kennst – sie ist in der Abschlussklasse der Kunstakademie. Du siehst, ich bin eine alte Frau. Grauenhaft, nicht wahr? O Gott, das ist alles fürchterlich. Lass uns was trinken.«

Sie schenkte ihnen beiden eine ordentliche Portion Scotch ein.

»Aber du hast immer noch denselben Namen, so habe ich dich auch gefunden.«

»Ich wollte dieses ganze Theater nicht, den Namen meines Mannes annehmen und so weiter. Ich wollte beim zweiten Mal alles anders machen. Aber ob es jetzt so anders ist, diese Mann-Frau-Geschichte, das ist einfach schwierig …« Sie prosteten sich zu, und sie lief sehr rot an. »Hast du mir vergeben? Ich habe nicht dein Leben ruiniert oder so? Ich schäme mich wirklich entsetzlich. Das tat ich schon direkt danach; und dann habe ich angefangen mich zu fragen, ob ich wirklich etwas so Abscheuliches getan haben könnte. Ich dachte, vielleicht habe ich es nur geträumt. Aber natürlich habe ich nicht damit gerechnet, dich jemals wiederzusehen oder dass wir einander erkennen. Wir haben jahrelang im Norden gelebt.«

»Ich habe dich erkannt. Ach übrigens, warum eigentlich Lebensmittelhygiene?«

Wieder hatte sie keine Ahnung, was er meinte. »Oh! Lebensmittelhygiene!« Im Kopf ging sie die Gesichter im Kursraum durch. »Warst du bei der Konferenz? Ja – ich bin Teilhaberin eines französischen Restaurants in Kingsmile.«

Sie leerten ihre Whiskys schnell, und Claudia schenkte mit zitternden Händen nach. Sie sah ihn versöhnlich an. »Du siehst gut aus«, sagte sie. »Ich hatte schon immer einen guten Geschmack, was Männer angeht. Oje. Aber es ist alles okay, oder? Du bist nicht gekommen, um mich zu bestrafen oder so was?«

»Nein«, sagt er. »Das ist das Letzte, was ich tun würde.«

Und dann, als er begann, sie zu küssen und seine Hände unter ihre Kleider zu schieben, tat er es ohne Scheu, als hätte er ein Anrecht darauf. Und sie ließ es geschehen, beobachtete ihn, sagte: »Bist du wirklich sicher? Ich hätte nicht gedacht, dass jemand das noch von mir wollen könnte, ich meine, kein Fremder.«

»Ich bin kein Fremder«, sagte er.

»Für mich schon. Auch nach allem, was du erzählst. Ich erinnere mich nur schwach. Aber natürlich nicht an dich. Ich erinnere mich an einen Jungen, verstehst du? Ich habe dich noch nie gesehen.«

Aber sie hielt ihn nicht zurück. Trotz seiner Entschlossenheit betrachtete sie ihn immer wieder voller Neugier, eine Neugier wie seine eigene, unnachgiebig, gierig und voller Scham.

Carol riss die Tür auf, als er seinen Schlüssel ins Schloss steckte.

»Wo bist du gewesen? Ich war völlig außer mir. Ich habe alle Krankenhäuser abtelefoniert, dein Essen ist hinüber, die Kinder ...«

»Carol, habe ich es dir nicht gesagt? Wir hatten mündliche Prüfungen, es hat sich stundenlang hingezogen. Das habe ich dir doch sicher gesagt. Ich sagte, dass ich mir ein Sandwich hole.«

»Aber ich habe im College angerufen, und niemand ist rangegangen.«

»Liebes, es tut mir leid ... Das Telefon steht im Büro, aber da war niemand. Es tut mir leid, vielleicht habe ich wirklich vergessen, es dir zu sagen. Ich war mir so sicher, dass ich es erzählt habe. Lass mich rein und die Kinder ins Bett bringen, damit du es nicht machen musst.«

Sie starrte ihn an. »Das passt überhaupt nicht zu dir. Normalerweise bist du so gut organisiert. Aber ich kann mich echt nicht erinnern, dass du mir das gesagt hast. Und ist es nicht noch ein bisschen früh für diese Prüfungen? Du hast ja noch nicht mal alle Arbeiten korrigiert.«

Einen Augenblick lang war er sich sicher, dass sie einen Geruch an ihm wahrnahm, die Blendung erkannte, die an ihm hing, von ihm tropfte, durch seine Adern rauschte. Aber er sah, wie sie diese Ahnung gezielt beiseiteschob, aus ihrem Bewusstsein verbannte. Das hier war ihr Ehemann, der Mann, den sie kannte. Er war Physiklehrer und spielte Schachturniere, nicht wahr?

Astrid Rosenfeld

All die falschen Pferde

Eine Frau rollt ihren grünen Trolley über meine Füße.

»Können Sie nicht aufpassen«, rufe ich ihr hinterher. Aber die Ansage auf Gleis 5 übertönt meine Worte.

Bevor mein Vater in den Zug gestiegen ist, hat er mich angerufen. »Hör ma'«, hat er gesagt, »ich steige jetzt ein. Ich rufe von meinem neuen Telefon an, hat dein Onkel Toni mir geschenkt.«

Seit vier Jahren bin ich mit Helena zusammen. Ihre Eltern, die Spicherts, haben sie nach der schönen Helena benannt. Sie waren sich sicher, dass ihre Helena auch einmal schön sein würde.

Herr Spichert hat vor vielen Jahren, nachdem er in kürzester Zeit sein Studium absolviert hatte, eine Werbeagentur gegründet. Das war zu einer Zeit, als es noch nicht hunderte Werbeagenturen gab. Er verdiente einen Haufen Geld. Mit fünfzig verkaufte er seine Agentur und wurde in den Aufsichtsrat eines gigantischen Unternehmens gewählt.

Die Familie zog in das wiedervereinigte Berlin und erstand, als die Immobilienpreise günstig lagen, eine denkmalgeschützte Villa in Potsdam. Frau Spichert, die keinen Beruf, sondern nur Hobbys hat, interessiert sich unter anderem für Kunst. Dann und wann ersteigert sie ein Bild oder eine Skulptur. Mittlerweile leihen sich Museen Exponate aus der Sammlung aus, die Frau Spichert mit ihrem phänomenalen Instinkt zusammengetragen hat.

Die Spicherts sind großzügig. Sie spenden beträchtliche Summen. In der Mongolei gibt es eine Schule für Taubstumme, die mit dem Geld der Spicherts erbaut wurde. Die Spicherts sind da so ähnlich wie Gott, sie helfen nur denen, die sich selber helfen wollen.

Ein paar Monate nachdem die schöne Helena das Licht der Welt erblickt hatte, presste meine Mutter mich unter unerträglichen Schmerzen heraus. Als Frau Spichert sich in einem anderen Krankenhaus die Bauchdecke straffen ließ, hielt meine Mutter mich im Arm und heulte. Postnatale Depression.

Mein Vater tätschelte Mamas Kopf und küsste uns beide auf die Stirn. »Hör ma'«, sagte er, »das wird schon.« Dann ging er in die Kneipe und trank mit seinem Kumpel und Arbeitgeber Gustav und dessen dreijährigem Sohn Toni auf das Wohl seines Erstgeborenen.

In dieser Nacht, mein Vater schlief bereits, klingelte das Telefon. Während Frau Spichert ihren flachen Bauch und die winzige Narbe bestaunte, lag meine Mutter zermatscht auf dem Asphalt. Mein erstes Familienfest war eine Beerdigung.

Vier Jahre lang habe ich es vermeiden können, dass mein Vater auf die Spicherts trifft. Aber in wenigen Monaten werden die schöne Helena und ich heiraten, deshalb haben die Spicherts meinen Vater eingeladen.

Mein Vater sollte eigentlich Schornsteinfeger werden. Mit siebzehn fiel er vom Dach. Seither hat er vier Schrauben im Bein und kann nicht mehr auf Dächer klettern. Er ging dann bei Gustavs Vater in die Lehre. Einzelhandelskaufmann.

In dem Geschäft von Gustavs Vater konnte man Zigaretten, Zeitschriften, Lottoscheine, zeitweise Lebensmittel und mittlerweile auch Töpferwaren kaufen. Als Gustavs Vater seinen ersten Schlaganfall erlitt, übernahm Gustav den Laden, und als Gustav vom Bus überfahren wurde, trat sein Sohn Toni sein Erbe an.

Mein Vater arbeitet noch immer dort. Schwarz. Zwei Tage die Woche. Mittwochs und samstags, wenn das Lottofieber ausbricht. Der Laden läuft schon lange nicht mehr, weil die meisten Leute jetzt im Supermarkt ihre Zigaretten holen und Lotto spielen.

»Die Großen fressen die Kleinen«, da sind sich mein Vater und Toni einig. Die Spicherts würden sagen, das sei eine abgedroschene Phrase. Globalisierung!, würden sie sagen, Wettkampf! Veränderung! Aber davon verstehen Toni und mein Vater nichts.

Mein Vater hat einen Hang zum Glücksspiel. Nicht nur Lotto, auch Pferderennen. Seit Toni einen Computer hat, gebraucht erstanden, muss er auch nicht mehr zum Buchmacher rennen. »Hör ma'«, hat mein Vater zu mir gesagt, »das kann man jetzt alles hiermit machen.« Und stolz hat er auf Tonis Schrottcomputer gezeigt. Da habe ich schon nicht mehr zu Hause gewohnt, sondern in Berlin studiert und mir mein erstes PowerBook gekauft.

Eigentlich ist es absurd, dass mein Vater an das Glück glaubt, denn er hat niemals Glück gehabt.

Ich hingegen hatte oft Glück. Es war Glück, dass ich auf dem Spielplatz Lukas kennenlernte. Lukas wohnte nicht in unserer Gegend, aber seinem Vater, Herrn Rüders, gehörten mehrere Häuser in unserer Straße.

Einmal, ein einziges Mal, hat Herr Rüders seinen Sohn in unser Viertel mitgenommen. Deshalb saß Lukas an einem Mittwoch in meinem Sandkasten. Während Herr Rüders in Gustavs Geschäft einen Lottoschein ausfüllte, wollte Toni, der drei Jahre älter und wahnsinnig stark war, Lukas ein paar Kellen Sand in den Mund stopfen. Ich bin dazwischengegangen.

An diesem Nachmittag sind wir Freunde geworden, Lukas und ich. Die Rüders lebten in einem Haus, das dem der Spicherts ähnelte. Lukas' Zimmer war größer als unsere Wohnung.

Ich war acht, als mich Herr Rüders fragte, was ich denn später einmal machen möchte.

»In Gustavs Laden arbeiten.«

Ob ich denn nicht studieren möchte, wollte er wissen. Ob ich denn nicht Anwalt oder Arzt oder Unternehmensberater werden wolle.

Herr Rüders hat mit meinem Vater gesprochen, hat ihm gesagt, dass er mich aufs Gymnasium schicken soll, damit ich einmal Arzt oder Anwalt oder Unternehmensberater werden kann.

Es war pures Glück, dass Toni an diesem Nachmittag Lukas das Maul mit Sand stopfen wollte. Es war Glück, dass Lukas in Berlin studieren wollte, allein wäre ich niemals dorthin gegangen. Es war Glück, dass Helena genau vor mir von ihrem Fahrrad fiel, sonst hätte ich sie niemals kennengelernt. Ich habe Helena aufgeholfen und sie und ihr kaputtes Fahrrad nach Hause begleitet.

Obwohl ich ständig Glück habe, weigere ich mich, an das Glück zu glauben. Denn Glück hat keinen Stil, sagen die Spicherts. Leistung dagegen schon. Die Spicherts mögen mich, weil ich ihre fleischgewordene Überzeugung bin. In ihren Augen bin ich ein Junge, der dabei ist, sich aus dem Nichts hochzuarbeiten.

Ein einziges Mal habe ich Helena in die Stadt meiner Kindheit mitgenommen. Es war ein Sonntag. Es gab aufgetauten Stachelbeerkuchen in der Zweizimmerwohnung meines Vaters.

Wir saßen auf der früher einmal sandfarbenen Couch im Wohnzimmer, aßen die labbrigen Beeren und versuchten uns zu unterhalten. Helena lächelte unaufhörlich. Ihr Lächeln schwand nur ein Mal, das war, als mein Vater die Sprühsahne in ihren Kaffee spritzte und »Ein Cappuccino für die Dame« sagte.

Später kam Onkel Toni mit seinen Söhnen vorbei. Ich weiß nicht, warum ich Toni ›Onkel Toni‹ nenne. Er ist ja nur drei Jahre älter als ich und nicht mit mir verwandt.

In der zweiten Klasse saß ich sogar neben ihm. Onkel Toni verweilte sehr lange in der zweiten Klasse. Er ist am Plus und Minus gescheitert. Das wollte einfach nicht in seinen Kopf. Gustav, mein Vater und unser Lehrer haben sich alle Mühe gegeben, dem Toni das Rechnen plausibel zu machen, aber er verstand es nicht.

Obwohl er noch immer nicht rechnen konnte, durfte er auf die Hauptschule gehen. Hier muss ich erwähnen, dass Toni nicht nur stark war, sondern auch ein sehr hübscher Junge mit einem gewissen Charme. Das hat auch seine neue Klassenlehrerin so gesehen. Der Toni ist ihr ein paar Mal ›unter den Rock gegangen‹, so nannte er das. Toni hat seinen Abschluss geschafft, nicht mit Rechnen, sondern mit ›unter den Rock Gehen‹.

Toni hat zwei Söhne, Bronco und Rokko, eineiige Zwillinge. Bis zu ihrem dritten Lebensjahr ähnelten sie dem Mogwai Gizmo aus Gremlins. Zwei niedliche, mit Fell bedeckte Tierchen. Aber wie in dem Film verwandelte sich dann das Süße und Putzige in etwas Unheimliches. Bronco und Rokko sind jetzt sechs, und ich habe Angst vor ihnen.

Helena lächelte, als Bronco ihr seinen kleinen, dicken Ellbogen in die Rippen stieß. Seitdem die Niedlichkeit von den Zwillingen abgefallen war, waren sie auf eine merkwürdig unkindliche Weise permanent schlecht gelaunt. Die schlechte Laune legte sich ein wenig, als Onkel Toni seinen Söhnen einen Pitbull-Terrier-Welpen schenkte, den sie Igor tauften. Aber eines Tages setzte Ela, die Mutter von Bronco und Rokko, Igor einfach aus, und die schlechte Laune kehrte zurück.

Nachdem die Zwillinge jeder vier Stücke Kuchen verschlungen hatten, bestanden Toni und mein Vater darauf, der schönen Helena den Laden zu zeigen. Helena lächelte, als mein Vater ihr Tonis

Schrottcomputer vorführte. Zu diesem Zeitpunkt wohnten Helena und ich in Berlin schon zusammen und besaßen beide ein Macbook Pro.

Vier Jahre lang habe ich es vermeiden können, dass mein Vater auf die Spicherts trifft. Aber in wenigen Monaten werden die schöne Helena und ich heiraten, deshalb haben die Spicherts meinen Vater eingeladen.

Ich entdecke sein Gesicht sofort in der Menge auf dem Bahnsteig. Es ähnelt ein wenig dem meinen. Er trägt eine dunkelblaue Wildlederjacke mit roten und grünen Nappalederstreifen. Vielleicht war das Teil irgendwann einmal modern, aber jetzt erzählt es nur noch von Häuserzeilen, in denen sich niemals etwas verändern wird. Es erzählt von dem Lottofieber, das jetzt in den Supermärkten und nicht mehr in Tonis Laden ausbricht. Es erzählt von all den falschen Pferden, auf die mein Vater gesetzt hat.

Ich umarme ihn. Er riecht nach dem Unisex-Parfum, das ich ihm vor sechs Jahren zum Geburtstag geschenkt habe. Es war ein Sonderangebot. Er trägt den Duft mit Stolz, wie etwas Kostbares.

»Hör ma', gib dem Mann da mal was«, sagt mein Vater, als wir an einem Penner mit zwei verlausten Hunden vorbeikommen.

»Der muss hier nicht betteln«, antworte ich und höre mich selbst lange Sätze sprechen, in denen die

Worte ›Jobcenter‹, ›Umschulung‹ und ›Hartz IV‹ vorkommen.

Mein Vater schmeißt einen Euro in den Pappbecher, nennt den Penner ›Kumpel‹ und streichelt die verwahrlosten Tiere.

Frau Spichert hat mir ihren BMW geliehen. Mein Vater klopft anerkennend auf die sandfarbene Ledergarnitur, als wir einsteigen.

»Hör ma', zeigst du mir auch deine Wohnung?«

Ich verneine und erkläre ihm, dass es ein riesiger Umweg sei, was nicht stimmt.

»Schade, wenn ich schon einmal hier bin.«

»Das nächste Mal«, antworte ich und fahre ein wenig zu schnell Richtung Potsdam.

Ich habe dafür gesorgt, dass mein Vater nicht in der denkmalgeschützten Villa, sondern in einem kleinen Hotel gleich um die Ecke übernachten wird. Während mein Vater sich umzieht, klappe ich mein MacBook Air auf und schreibe E-Mails.

»Und?«, fragt er und deutet auf seinen Anzug, der wie ein Kostüm für eine Achtzigerjahre-Party aussieht.

»Sobald ich richtiges Geld verdiene, kaufe ich dir einen neuen«, sage ich.

»In dem hier habe ich deine Mutter geheiratet.«

»Hör ma', die haben aber Glück gehabt«, sagt mein Vater, als wir vor der Villa der Spicherts stehen.

Die haben sich angestrengt, die haben was geleistet, die haben nicht nur auf Pferde gesetzt, will ich antworten, aber da geht schon die Tür auf.

Wir sitzen alle an einem langen Tisch, der engste Familien- und Freundeskreis, etwa dreißig Leute. Neben mir Helena und gegenüber von uns mein Vater. Frau Spichert unterhält sich mit ihm. Ihre Höflichkeit ist absolute Höflichkeit, potenziert mit unerträglicher Höflichkeit. Ihr Tonfall so beruhigend, als spräche sie zu einem gefährlichen Tier oder einem Irren, der jeden Moment ausrasten kann. Ich bemerke die Blicke der anderen, die dann und wann ganz unauffällig meinen Vater streifen. Drei lange Gänge. Selbst der Duft des Schokoladensoufflés kann sein billiges Parfum nicht überdecken. Herr Spichert erhebt sich. Er räuspert sich, anstatt stillos mit dem Löffel gegen das Champagnerglas zu klopfen. Er heißt mich willkommen in der Familie. Verneigt sich mit Worten vor mir, vor meiner Leistung, meinem Fleiß. Applaus. In das Klatschen mischt sich das Geräusch von Silber gegen Glas. Mein Vater steht auf. Gabel und Kelch in der Hand. Die goldenen Knöpfe seines Anzugs funkeln im Kerzenlicht. »Hör ma'«, sagt er, »ich wünsche euch beiden alles Glück der Welt.« Stille. Man wartet, aber da kommt nichts mehr. Applaus.

Nach dem Essen sehe ich meinen Vater in der

Eingangshalle mit einem lila Plastikhandy telefonieren. Ich gehe zu ihm.

»Was machst du da?« Ich klinge wie ein Lehrer.

Mein Vater steckt sein Telefon wieder ein.

Ich führe ihn in das Kaminzimmer, führe ihn zu dem kleinen Kreis, der sich um Herrn Spichert gebildet hat. Jemand drückt meinem Vater und mir ein Glas Whiskey in die Hand. Man unterhält sich über die Schönheit der Toskana. Mein Vater schweigt. Seine Finger zittern, er steckt sie in die Tasche seines albernen Jacketts. Ich ärgere mich, ist es denn zu viel verlangt, etwas Belangloses wie ›Italien ist wirklich schön‹, zu sagen? Auch wenn man noch nie in Italien war.

Während die anderen Männer reden und an den richtigen Stellen lachen, starrt mein Vater in das Feuer im Kamin.

Nachdem sich die ersten Gäste verabschiedet haben, verlassen auch wir die denkmalgeschützte Villa.

Im Hotel holt mein Vater seinen Koffer aus dem Schrank. »Hör ma'«, sagt er, »sei nicht böse, aber ich möchte nach Hause.«

»Das geht nicht. Es fährt kein Zug mehr.«

»Toni kommt mich holen.«

»So?«

»Ich habe ihn angerufen. Nach dem Essen.«

»Warum?« Wieder klinge ich wie ein Lehrer.

Mein Vater setzt sich auf das unbenutzte Hotelbett und steckt sich das Schokoladenbonbon, das auf dem Kopfkissen liegt, in den Mund. Ich lasse mich auf den Sessel fallen.

»Das nächste Mal zeige ich dir meine Wohnung«, sage ich.

Er lächelt. Sein Lächeln ähnelt ein wenig dem meinem.

Irgendwann klopft es an der Tür. Bronco und Rokko tragen Lederjacken über ihren Pokémon-Schlafanzügen.

Das Gepäck meines Vaters verschwindet im Kofferraum. Tonis Opel Kadett setzt sich in Bewegung. Ich winke ihnen hinterher. Ich kann nicht aufhören.

Auf einmal steht Herr Spichert neben mir. »Was machst du hier draußen?«, fragt er.

»Ich bin mir nicht sicher«, antworte ich, ohne meinen Arm zu senken. »Ich bin mir nicht ganz sicher.«

E. W. Heine

Der Posträuber

Ich saß im Bummelzug Rom – Florenz, allein in einem Zugabteil, und betrachtete die vorüberziehende Landschaft. Zypressen eilten die Straßen entlang, verfolgten den Zug wie Staffettenläufer. Bauern bei der Feldarbeit winkten. Ich wollte zurückwinken, aber da war das Bild im Fensterrahmen schon fortgewischt.

Häuser tauchten auf, eine Bahnschranke. Schwerfällig hielt der Zug auf einer kleinen Bahnstation.

Ein alter Herr stieg zu mir ins Abteil: »*Buon giorno.*« Er setzte sich mir gegenüber ans Fenster. Seine Augen musterten mich eingehend.

»Hat Ihnen Rom gefallen?«, fragte er.

»Ja, sehr«, sagte ich.

»Sie interessieren sich für unsere große Vergangenheit?« Und ohne meine Antwort abzuwarten, fuhr er fort: »Ich interessiere mich mehr für die Zukunft.«

»Wo begegnet man im alten Rom der Zukunft?«, fragte ich.

Er antwortete: »Auf dem Friedhof. Unser aller Zukunft liegt auf dem Friedhof.«

Wir betrachteten einander. Er trug einen Verdibart, der stellenweise bereits ergraut war. Seine Augen blitzten spöttisch. In ihnen glimmte jener schlagfertige schwarze Humor, der schon den Römern der Antike eigen war. Sein alter Anzug war an den Ellbogen und Knien blank gewetzt. Scharf gebügelte Hosenfalten fielen auf blank geputzte altmodische Schnürschuhe.

»Sie sind Deutscher?«

Ich nickte.

»Werden Sie wiederkommen?«

»Ja, im Winter«, sagte ich.

»Im Winter?«, fragte er ungläubig. »Das sollten Sie nicht tun. Der römische Winter ist zwar nur kurz, aber er ist kälter als irgendwo sonst auf der Erde, denn die Häuser haben keine Schornsteine. Nero war der Einzige, der wusste, wie man in dieser verdammten Stadt ein Feuer machte.«

Er klopfte auf seine Tageszeitung: »Haben Sie von der wilden Feuerei in der Via Veneto gehört?« Er blickte mich fragend an: »Gestern Nachmittag, am helllichten Tag, ein Raubüberfall auf das Postamt. Ein Gangster hat zwei Postbeamte erschossen. Er entkam mit drei Millionen Lire. Drei Millionen Lire! Dafür kann er sich nicht einmal ein Auto kaufen. Und dafür erschießt dieser Idiot zwei Menschen. Was sind das nur für Zeiten! Oh diese Mafia!«

»Sie meinen, es war die Mafia?«

»Natürlich, wer denn sonst.«

»Erzählen Sie mir von der italienischen Mafia.«

»Die Mafia ist nicht italienisch. Sie ist sizilianisch, amerikanisch, unmenschlich. Wir Italiener sind ein gewaltloses Volk. Selbst unsere wildesten Räuber waren Ehrenmänner, die nur zur Waffe griffen, wenn man ihnen keine andere Wahl ließ. Wir haben nicht nur die schönen Künste, die Oper, die Architektur zur höchsten Sublimation gesteigert, sondern auch das Verbrechen. Welch anderes Land hat so erlauchte Schurken aufzuweisen wie wir? Casanova, Cagliostro, Cesare Borgia. Nirgendwo auf der Welt finden Sie so geschickte Falschmünzer, Autoknacker und Taschendiebe wie hier, schöpferisch und geschickt. Ein Italiener tötet nur aus Leidenschaft, Eifersucht und Ehre, *vendetta* und *amore*. Raubmord ist eine Erfindung der amerikanischen Mafia. Ein Mensch, der aus Habgier mordet, handelt genauso hirnlos wie jemand, der eine Konzertgeige verheizt, um sich ein Gemüsesüppchen zu kochen. Der Gewinn steht in keinem Verhältnis zum angerichteten Schaden. Es ist nicht so wichtig, was einer verbrochen hat, als vielmehr, wie er es angestellt hat. Einer, der einbricht, ist ein übler Krimineller. Einer, der Herzen bricht, um sich zu bereichern, ist ein Heiratsschwindler, und wer von uns hätte nicht schon einmal ein bisschen geschwindelt? ›Geschwindelt ist noch nicht gelogen‹, sagt der Volksmund. Und er hat recht. Aber zwei Tote für drei Millionen Lire! *Mamma mia, che brutto!* Das ist stark. Das haben wir zu meiner Zeit ganz anders gemacht. Ich habe auch einmal ein Postamt um eine Million erleichtert. Damals war diese Million dreimal so viel wert wie heute. Und die Post hat es nicht einmal gemerkt, dass ich sie beraubt habe. Sie haben mir mein Geld rechtmäßig ausgezahlt.«

Ich bot ihm eine Zigarre an, und er erzählte mir die folgende Gaunergeschichte:

»Schon als Schüler verfügte ich über außergewöhnliche Kombinationsfähigkeiten, für die es aber leider keine Zeugnisnoten gab, was eigentlich schade ist, weil ich sonst sehr wahrscheinlich Jurisprudenz studiert hätte. Die Mathematik interessierte mich nicht. Aber ich konnte schon bald besser rechnen als mein Lehrer. Während er in den Sommerferien Nachhilfestunden gab, um sich eine Radtour leisten zu können, ließ ich mir meine kleinen Weltreisen von verschiedenen Versicherungsgesellschaften finanzieren.«

»Von Versicherungsgesellschaften?«, fragte ich ungläubig.

»Nichts ist leichter als das. Sie müssen nur richtig kombinieren. Jedes Kind kann das. Wenn Sie jetzt allerdings an Urkundenfälschung oder

Brandstiftung denken, so haben Sie schon verloren. Fälschungen lassen sich leicht nachweisen. Brandstiftungen nicht immer, aber sie haben einen erheblichen Nachteil: Man muss erst einmal Immobilien besitzen, damit man sie anzünden kann. Ich besaß nichts außer meinem Verstand. Also ließ ich mir etwas einfallen.

Ich suchte mir aus dem Telefonbuch die Anschrift eines Fachgeschäftes für Münzensammler heraus. Dann setzte ich mich hin und schrieb ihnen einen Brief. Ich teilte ihnen mit, dass ich auf dem Dachboden zwischen dem Nachlass meines Großvaters eine alte florentiner Goldmünze, einen Florin, gefunden hätte. Ich bat um ihr fachmännisches Urteil. Falls sie interessiert seien, sollten sie mir ein Angebot machen. Diesen Brief steckte ich in ein Pappetui, nicht größer als eine dicke Zigarettenschachtel. Das Minipäckchen gab ich gut verschnürt und versiegelt beim nächsten Postamt als Wertbrief auf. Inhalt: 1 antike Goldmünze. Wert: 1 Million Lire. Gewicht: 35 Gramm.

Wie erwartet bekam ich drei Wochen später amtlichen Bescheid von der Oberpostdirektion, dass mein eingeschriebener Wertbrief auf dem Transport bedauerlicherweise verlustig gegangen sei. Die Schadensfeststellung läge der Versicherung zur Bearbeitung vor. Zwei Monate später saß ich auf dem Lido in Venedig, ließ mir den eisgekühlten Campari schmecken, flirtete mit den deutschen Urlauberinnen und plante ganz nebenbei die Finanzierung meines nächsten Urlaubs.«

»Und wie haben Sie es angestellt?«, fragte ich.

Er lächelte spitzbübisch: »Ihr Deutschen seid so stolz auf eure Tüchtigkeit, auf eure Erfindungen. Lassen Sie sich was einfallen. Die Aufgabe lautet: Wie kann man aus einem versiegelten Wertpaket eine Goldmünze verschwinden lassen?«

»Ja, hatten Sie denn wirklich eine Goldmünze?«

»Nein, natürlich nicht.«

»Na, dann brauchen Sie sie doch gar nicht verschwinden zu lassen.«

»Ach, Sie meinen, ich hätte den Wertbrief ganz einfach ohne die Münze verschicken sollen. Und weiter? Der Münzhändler muss dem Briefträger quittieren, dass er das Einschreibpäckchen unversehrt entgegengenommen hat. Wäre es aber heil und leer, so ist offenkundig, dass sich in dem Päckchen niemals eine Goldmünze befunden hat. Also hätte ich keine Ansprüche geltend machen können. Nein, nein, ich musste den Nachweis erbringen, dass die Münze während des Transportes in der Obhut der Post verloren gegangen war.«

»Sie hatten einen Komplizen bei der Post, der das Päckchen verschwinden ließ.«

»Einen Beamten, meinen Sie? Auf den würde der Verdacht zuallererst fallen«, sagte der Alte. »Kein

Postbeamter tut so etwas. Es lohnt sich nicht. Das Risiko ist zu groß, und die Kontrolle ist zu scharf. Er muss alle eingeschriebenen Teile, die er annimmt, unterschriftlich beglaubigen. Aber sie liegen nicht ganz verkehrt. Ich hatte einen Komplizen: eine Maus.«

»Eine Maus?«

»Ja, mein erster Komplize war eine Maus. Mäuse sind ideale Partner um ›Mäuse zu machen‹. Sie sind klein und unscheinbar, kommen überall rein und raus, und vor allem: Sie reden nicht.« Er zog an der Zigarre, blickte den Rauchkringeln hinterher und lobte: »Ein edles Kraut.«

»Und weiter?«, fragte ich.

»Was weiter?«

»Wie geht Ihre Geschichte mit der Maus weiter?«

»Wissen Sie es immer noch nicht? Der Trick ist ganz einfach. Man steckt statt der Münze eine Maus in das versiegelte Päckchen. Niemand vermag später festzustellen, ob sich die Kleine von drinnen nach draußen oder von draußen nach drinnen gefressen hat. Ihr Wertpaket bekommt während des Transportes ein Loch. Der Inhalt fehlt, und Sie sind schadensersatzberechtigt. Aber seien Sie vorsichtig. Es ist kein Zufall, dass ich eine Münze genommen habe, denn Münzen sind rund und flach. Es ist glaubwürdig, dass sie herausrollen und unauffindbar verschwinden können. Vor allem aber sollten

Sie nicht vergessen, dass Wertpäckchen sehr genau gewogen werden. Eine Maus ist ungefähr so schwer wie eine Goldmünze. Das ist wichtig, wenn die Detektive der Versicherungsgesellschaft den Gewichtsverlust nachprüfen sollten. Mäuse haben die unangenehme Angewohnheit alles anzuknabbern, was sich ihnen in den Weg stellt. Mein kleiner Partner wird nach seiner Befreiung noch etliche andere Pakete angenagt haben, wodurch er jeden Verdacht – falls es den überhaupt gab – gleichmäßig auf eine Vielzahl von Wertpaketabsendern verteilte. Niemand kam auf die Idee, dass die kleine Maus einen Partner hatte.«

Der Zug hielt im nächsten Dorf.

»Ich könnte Ihnen noch ganz andere Geschichten erzählen«, sagte der Alte. »Aber leider bin ich bereits am Ziel. Behalten Sie den Trick mit der Maus für sich. Er ist gut und funktioniert immer. *Arrivederci.*«

Er gab mir die Hand und stieg aus.

Später stellte ich fest, dass meine Brieftasche fehlte. Der Trick mit der Maus war ein Trick gewesen, um an meine Mäuse zu kommen. Der Alte war noch besser, als ich gedacht hätte.

F. Scott Fitzgerald

Liebe in der Nacht

Val war begeistert von diesen Worten. Irgendwann an diesem frischen, goldenen Aprilnachmittag waren sie ihm in den Sinn gekommen, und jetzt sagte er sie sich immer wieder von Neuem vor: »Liebe in der Nacht; Liebe in der Nacht.« Er probierte sie in drei Sprachen – Russisch, Französisch und Englisch – und fand, dass sie im Englischen am besten klangen. In jeder dieser Sprachen war eine andere Art Liebe, eine andere Art Nacht gemeint – die englische Nacht schien ihm die wärmste und weicheste, die Sterne am Himmel die feinsten und funkelndsten. Die Liebe im Englischen war für ihn die fragilste, romantischste – ein weißes Kleid, ein helles Gesicht darüber, Augen, die Lichtflecken waren wie tiefes Wasser. Und wenn ich hinzufüge, dass es schließlich eine französische Nacht war, an die er dachte, dann sehe ich, dass ich doch weiter ausholen und die Geschichte von Anfang an erzählen muss.

Val war halb Russe, halb Amerikaner. Seine Mutter war die Tochter von Morris Hasylton, jenem

Hasylton, der 1892 in Chicago die Weltausstellung mitfinanzierte, und sein Vater – siehe den Gothaischen Hofkalender, Ausgabe 1910 – Fürst Pawel Sergej Boris Rostow, Sohn des Fürsten Wladimir Rostow, Enkel eines Großherzogs – ›Pferdegesicht‹ Sergej – und Neffe vierten Grades des Zaren. Man sieht also, diese Seite der Familie machte durchaus Eindruck – das Haus in Sankt Petersburg, das Jagdschlösschen bei Riga und die zu groß geratene Villa – ein Palast eher – am Mittelmeer. Hier in dieser Villa in Cannes verbrachten die Rostows den Winter – und es kam gar nicht gut an, wenn man die Fürstin daran erinnerte, dass diese Villa an der Riviera, vom Marmorbrunnen – nach Bernini – bis zu den goldenen Likörgläsern – nach dem Dinner – mit amerikanischem Gold bezahlt war.

Natürlich waren die Russen ein fröhliches Völkchen, auf dem Kontinent vor dem Krieg, als alles noch eine einzige große Gala war. Von den drei Nationen, denen damals Südfrankreich als Vergnügungspark diente, hatten sie zum Leben im Überfluss das größte Geschick. Die Engländer waren zu praktisch veranlagt, und die Amerikaner warfen zwar mit Geld um sich, wussten aber doch nichts von romantischer Lebensart. Die Russen hingegen – die waren so galant wie die Südländer, und reich noch dazu! Wenn die Rostows Ende Januar in Cannes eintrafen, orderten die Restaurants telegraphisch im Norden die Etiketten für die Lieblingsmarken des Fürsten und klebten sie auf ihren Champagner, die Juweliere legten die üppigsten Stücke beiseite, um sie ihm – jedoch nicht der Fürstin – zu zeigen, und die orthodoxe Kirche wurde für die Saison gefegt und geschmückt, damit der Fürst nach heimischem Ritus die Vergebung seiner Sünden erflehen konnte. Selbst das Mittelmeer war gefällig und erglühte an den Frühlingsabenden in tiefem Weinrot, und die Fischerboote, Segel wie die Brust eines Rotkehlchens, schaukelten malerisch in der Ferne.

Irgendwie, wenn auch eher in der Art einer Ahnung, wusste der junge Val, dass alles zum Wohl und Nutzen seiner Familie so eingerichtet war. Es war ein Paradies der Privilegierten, diese kleine weiße Stadt über dem Wasser, eines, in dem er tun und lassen konnte, was er wollte, weil er reich war und jung und das indigoblaue Blut Peters des Großen in seinen Adern floss. Im Jahr 1914, in dem unsere Geschichte beginnt, war er gerade erst siebzehn, aber er hatte sich bereits mit einem jungen Mann, vier Jahre älter als er, duelliert und hatte eine kleine kahle Narbe oben auf seinem stattlichen Haupt zum Beweis.

Aber was seinem Herzen am nächsten ging, war die Frage nach der Liebe in der Nacht. Es war ein schöner, unbestimmter Traum, den er hegte, etwas, das ihm eines Tages widerfahren würde, etwas Einmaliges, Unvergleichliches. Er hätte nicht mehr dazu sagen können als dass ein bezauberndes, unbekanntes Mädchen beteiligt sein würde, und über ihnen sollte der Rivieramond scheinen.

Das Seltsame an all dem war nicht, dass er sich eine solche Romanze erhoffte und sie schon vorab geradezu verklärte, denn jeder junge Mann mit auch nur einer Spur Phantasie hegt solche Hoffnungen, sondern dass sich dieser Traum tatsächlich erfüllte. Und als es so weit war, da war es so unerwartet, ein solches Durcheinander der Eindrücke und Gefühle, der seltsamsten Sätze, die ihm über die Lippen kamen, der Bilder, der Laute, der Augenblicke, die plötzlich da waren, plötzlich verloren, plötzlich vergangen, dass er kaum verstand, was überhaupt geschah. Vielleicht hielt es sich in seinem Herzen, gerade weil es so unbestimmt war, gerade deswegen blieb es so unvergesslich.

Die Liebe lag in der Luft, überall um ihn her in jenem Frühling – die Liebschaften seines Vaters zum Beispiel, die vielfältig waren und indiskret und von denen Val zuerst aus dem erfuhr, was er vom Klatsch und Tratsch der Dienerschaft hörte, bis er Gewissheit bekam, als er eines Nachmittags im Salon unverhofft auf seine amerikanische Mutter stieß, die das Bild seines Vaters an der Wand anbrüllte. Auf dem Bild trug sein Vater eine weiße

Uniform mit pelzbesetztem Dolman und erwiderte den Blick seiner Frau gleichmütig, als wolle er sagen: »Aber meine Liebe, hast du geglaubt, du heiratest in eine Familie von Gottesmännern?«

Val hatte sich fortgestohlen, überrascht, verwirrt – und erregt. Er fand die Sache nicht so schockierend, wie ein amerikanischer Junge seines Alters sie gefunden hätte. Schon seit Jahren wusste er, wie das Leben der Wohlhabenden auf dem Kontinent aussah, und nahm seinem Vater nur eines übel: dass er seine Mutter zum Weinen gebracht hatte.

Rings um ihn her war die Liebe – die untadelige und die illegitime gleichermaßen. Wenn er um neun Uhr abends, zu einer Zeit, zu der die Sterne schon hell genug strahlten, um es mit dem Licht der Laternen aufzunehmen, über die Strandpromenade spazierte, dann spürte er die Allgegenwart der Liebe. In den Straßencafés flirrten die neuesten Kleider, frisch aus Paris, und ein süßer Duft wehte herüber, aus Blumen und Chartreuse und Zigaretten und gerade erst gebrühtem Kaffee – und noch ein weiteres Aroma spürte er, vermischt mit all dem, den geheimnisvollen und betörenden Duft der Liebe. Hände berührten juwelenglitzernde Hände auf den weißen Tischplatten. Bunte Kleider und gestärkte Hemden drehten sich umeinander im Takt, Streichhölzer wurden gezückt, entzündeten ein wenig bebend ganz langsam eine Zigarette.

Auf der anderen Seite des Boulevards schlenderten die nicht ganz so schicken Liebespaare, junge Franzosen, Angestellte aus den Läden von Cannes, mit ihren Freundinnen im Halbdunkel unter den Bäumen, aber nur selten wanderte Vals Blick in ihre Richtung. Das Schwelgen der Musik, die strahlenden Farben, die leisen Stimmen – all das war Teil seines Traums. Das war das Dekor, das dazugehörte zur Liebe in der Nacht.

Aber so sehr er sich auch anstrengte, die wild entschlossene Miene aufzusetzen, die man von einem jungen russischen Herrn erwartete, wenn er allein durch die Straßen spazierte, fühlte Val sich allmählich unglücklich. Die Abenddämmerungen des Aprils waren denen des März gefolgt, und es war ihm nicht gelungen, von den warmen Frühlingsabenden guten Gebrauch zu machen. Die sechzehn- oder siebzehnjährigen Mädchen seiner Bekanntschaft waren zwischen Abenddämmerung und Schlafengehenszeit stets wohlbehütet – wir reden hier, das darf man nicht vergessen, von der Zeit vor dem Krieg –, und die anderen, die ihm gern Gesellschaft geleistet hätten, kränkten sein romantisches Sehnen. So verging der April – eine Woche, zwei Wochen, drei Wochen ...

Bis sieben Uhr hatte er Tennis gespielt und sich eine ganze weitere Stunde auf dem Platz herumgetrieben, sodass es nun schon halb neun war, als ein müdes Droschkenpferd oben auf dem Hügel anlangte, wo die Fassade der Rostowschen Villa schimmerte. Die Scheinwerfer der Limousine seiner Mutter glommen gelb in der Auffahrt, und die Fürstin, noch mit dem Knöpfen ihrer Handschuhe beschäftigt, erschien eben in der hell erleuchteten Tür. Val warf dem Kutscher zwei Francs zu und ging zu ihr hin, um ihr einen Kuss auf die Wange zu hauchen.

»Komm mir nicht zu nahe«, fuhr sie ihn an. »Eben hast du noch Geld angefasst.«

»Aber doch nicht mit dem Mund, Mutter«, gab er lachend zurück.

Die Fürstin sah ihn ungeduldig an.

»Ich bin ärgerlich«, sagte sie. »Wieso musst du gerade heute Abend so spät kommen? Wir speisen auf einer Jacht, und du solltest ebenfalls mitkommen.«

»Was für eine Jacht?«

»Amerikaner.« Immer lag eine leichte Ironie in ihrer Stimme, wenn sie von ihrem Geburtsland sprach. Ihr Amerika war das Chicago der Neunziger, und für sie war und blieb es das zugige Obergeschoss eines Schlachthauses. Selbst die Eskapaden von Fürst Pawel schienen ihr kein zu hoher Preis dafür, dass sie dem entkommen war.

»Zwei Jachten«, fuhr sie fort; »wir wissen nicht einmal welche. Die Einladung war sehr unbestimmt. Eine Unverschämtheit, wenn man es recht überlegt.«

Amerikaner. Seine Mutter hatte Val beigebracht, auf Amerikaner herabzublicken, aber sie ihm zu verleiden, das hatte sie nicht geschafft. Die amerikanischen Männer achteten einen, selbst wenn man erst siebzehn war. Er mochte die Amerikaner. Zwar war er durch und durch Russe, aber eben doch nicht ganz – der Prozentsatz betrug, wie bei einer berühmten Seife, ungefähr neunundneunzig und dreiviertel Prozent.

»Ich komme mit«, sagte er. »Ich beeile mich auch, Mutter. Ich –«

»Wir sind sowieso schon zu spät.« Die Fürstin wandte sich an ihren Mann, als der in der Tür erschien. »Und jetzt will Val auch noch mit.«

»Geht nicht«, antwortete Fürst Pawel knapp. »Viel zu spät.«

Val nickte. So nachsichtig russische Aristokraten auch mit sich selbst sein mochten, im Umgang mit ihren Kindern waren sie immer bewundernswert streng. Es gab keine Widerrede.

»Tut mir leid«, sagte er.

Fürst Pawel schnaubte. Der Lakai, in rot-silberner Livree, öffnete den Schlag der Limousine. Aber mit dem Schnauben war die Sache zu Vals Gunsten entschieden, denn an diesem Tag, zu dieser Stunde, hegte die Fürstin Rostow einen gewissen Groll gegen ihren Gatten, und das gab ihrem Wort in häuslichen Dingen Gewicht.

»Wenn ich es mir überlege, du solltest doch auch kommen, Val«, sagte sie kühl. »Für jetzt ist es zu spät, aber du kommst nach dem Dinner dazu. Die Jacht ist entweder die Minnehaha oder die Privateer.« Sie stieg ein. »Es wird wohl die sein, auf der es höher hergeht – die Jacht der Jacksons –«

»Wenn er Verstand hat«, brummte der Fürst kryptisch und meinte, dass Val die Jacht schon finden würde, wenn er sein Köpfchen einsetzte. »Lass dich vorher von meinem Diener anschauen. Krawatte von mir, nicht diese lächerliche Kordel, die du in Wien umhattest. Werd erwachsen. Höchste Zeit.«

Die Kiesel knirschten, als die Limousine gemächlich die Auffahrt hinunterfuhr, und Val blieb mit hochroten Ohren zurück.

II

Es war düster im Hafen von Cannes, oder besser gesagt es wirkte düster nach dem Glanz der Promenade, die Val eben hinter sich gelassen hatte. Drei kümmerliche Hafenlaternen funkelten trübe über ungezählten Fischerbooten, wie Muschelschalen auf den Strand getürmt. Weiter draußen auf dem Wasser gab es weitere Lichter, wo eine Reihe schlanker Jachten würdig und gemächlich auf den Wellen schaukelte, und noch weiter draußen hatte der üppige Vollmond die Rundung des Wassers zu einem perfekten Tanzboden geformt. Dann und wann ein Zischen, ein Knarzen, ein Blubbern, wenn ein Ruderboot sich in dem seichten Gewässer bewegte, ein diffuser Schatten, der durch das Labyrinth der festgemachten Fischer- und Motorboote glitt. Vorsichtig bewegte Val sich über den samtweichen Strand und stolperte über einen schlafenden Bootsführer; er roch das strenge Aroma von Knoblauch und billigem Wein. Er packte den Mann an den Schultern, schüttelte ihn wach und blickte ihm in die erschrockenen Augen.

»Wissen Sie, wo die Minnehaha liegt? Und die Privateer?«

Als sie in die Bucht hinausglitten, starrte er, im Heck ausgestreckt, ein wenig missbilligend den Rivieramond an. Sicher, der Mond war genau richtig. Der Mond passte oft, in fünf von sieben Nächten. Die milde Nachtluft war, wie sie sein sollte, schmerzlich betörend, und auch die Musik war da, sie wehte in vielfältigen Strömen vom Ufer herüber, von vielfältigen Orchestern. Nach Osten hin lag im Dunkeln das Kap von Antibes, dann Nizza und jenseits Monte Carlo, wo der Abend erfüllt war vom Klimpern des Goldes. Eines Tages würde auch er all das genießen, jedes kleine Vergnügen kennen, jeden Erfolg – wenn er längst zu alt und zu weise war und es ihm nichts mehr bedeutete.

Aber aus dem heutigen Abend – aus diesem Silberstreif, der wie eine Strähne lockigen Haars zum Mond hin wehte, aus den leise funkelnden Lichtern von Cannes hinter ihm, der unwiderstehlichen, unbeschreiblichen Liebe, die in dieser Luft lag – aus all dem würde nichts werden, der Abend würde vergeudet sein für immer.

»Welches denn nun?«, fragte der Bootsführer plötzlich.

»Welches von was?«, entgegnete Val und setzte sich auf.

»Welches Boot?«

Er zeigte nach vorn. Val folgte dem Finger und sah, dass sich über ihnen wie ein graues Schwert der Bug einer Jacht erhob. Er war so mit seinen Sehnsüchten beschäftigt gewesen, er hatte gar nicht bemerkt, dass sie schon eine halbe Meile zurückgelegt hatten.

Er las die Messingbuchstaben über seinem Kopf. Es war die Privateer, aber es brannten nur wenige Lichter an Bord, es gab keine Musik, keine Stimmen, nur hin und wieder das murmelnde Plätschern der kleinen Wellen, wenn sie an die Bordwand schwappten.

»Das andere«, sagte Val. »Die Minnehaha.«

»Bleiben Sie doch noch.«

Val erschrak. Die Stimme, leise und sanft, war von oben aus dem Dunkel gekommen.

»Wozu die Eile?«, fragte die sanfte Stimme. »Ich dachte schon, jemand kommt mich besuchen, da bin ich nun wirklich enttäuscht.«

Der Bootsführer zog die Ruder aus dem Wasser und sah Val unschlüssig an. Aber Val schwieg, und so stieß der Mann die Ruder wieder ein und steuerte das Boot hinaus ins Mondlicht.

»Warten Sie!«, rief Val.

»Auf Wiedersehen«, sagte die Stimme. »Kommen Sie wieder, wenn Sie länger bleiben können.«

»Aber ich bleibe doch noch«, antwortete er atemlos.

Er gab entsprechendes Kommando, und das Ruderboot kehrte zum Fuß der kleinen Kajütleiter zurück. Jemand Junges, jemand in einem undeutlich zu erkennenden weißen Kleid, jemand mit einer anmutigen tiefen Stimme hatte aus dem samtenen Dunkel tatsächlich nach ihm gerufen. »Hätte sie Augen!«, murmelte Val vor sich hin. Der romantische Ton gefiel ihm, ganz leise wiederholte er es – »Hätte sie Augen«.

»Was sind Sie?« Sie war jetzt geradewegs über ihm; sie blickte hinunter, er schaute zu ihr auf, als er nun die Leiter erklomm, und als ihre Blicke sich trafen, da mussten sie beide lachen.

Sie war sehr jung, schlank, beinahe zerbrechlich, in einem Kleid, das in seiner hellen Schlichtheit ihre Jugend betonte. Zwei fahldunkle Flecken auf ihren Wangen zeigten, wo sie bei Tage gerötet waren.

»Was sind Sie?«, fragte sie noch einmal, trat einen Schritt zurück und lachte wiederum, jetzt wo sein Kopf über der Bordkante erschien. »Das will ich wissen, denn jetzt machen Sie mir Angst.«

»Ich bin ein Gentleman«, antwortete Val und verneigte sich.

»Aber was für eine Art Gentleman? Da gibt es alle möglichen Sorten. Einmal – einmal in Paris saß ein farbiger Gentleman an dem Tisch neben unserem, und da –« Sie hielt inne. »Sie sind kein Amerikaner, oder?«

»Ich bin Russe!«, antwortete er, als verkünde er ihr, dass er ein Erzengel sei. Er überlegte kurz, dann fügte er hinzu: »Und der glücklichste Russe, den Sie sich vorstellen können. Den ganzen Tag, den ganzen Frühling schon habe ich davon geträumt, mich in einer Nacht wie dieser zu verlieben, und jetzt hat der Himmel mir Sie geschickt.«

»Einen Augenblick!«, rief sie, mit einem kleinen Japser. »Jetzt bin ich sicher, dass es sich bei diesem Besuch um ein Missverständnis handelt. Auf so etwas lasse ich mich nicht ein. Bitte!«

»Verzeihung.« Er sah sie verwirrt an, begriff nicht,

dass er zu viel für selbstverständlich gehalten hatte. Dann nahm er Haltung an.

»Mein Fehler. Wenn Sie gestatten, werde ich mich verabschieden.«

Er wandte sich ab. Die Hand schon an der Reling.

»Nein, warten Sie«, sagte sie und strich sich eine Haarsträhne unbestimmter Farbe aus dem Gesicht. »Wenn ich es mir recht überlege, können Sie Unsinn reden, so viel Sie wollen, nur hierbleiben sollen Sie. Ich bin unglücklich, und da will ich nicht allein sein.«

Val zögerte; etwas an dieser Sache verstand er nicht. Er hatte sich vorgestellt, dass ein Mädchen, das im Dunkeln einem fremden Mann etwas zurief, und sei es auch nur vom Deck einer Jacht aus, doch gewiss einer Romanze nicht abgeneigt war. Und er wäre sehr gern geblieben. Dann fiel ihm wieder ein, dass er ja zwei Jachten zur Auswahl hatte.

»Ich nehme an, das Dinner ist auf dem anderen Boot«, sagte er.

»Das Dinner? Oh, ja, das ist auf der Minnehaha. Da wollten Sie hin?«

»Ich wollte dorthin – aber das ist lange her.«

»Wie heißen Sie?«

Er war im Begriff, ihr seinen Namen zu sagen, doch dann hatte er eine Eingebung und stellte stattdessen eine Frage.

»Und Sie? Wieso sind Sie nicht auf der Party?«

»Ich wollte lieber hierbleiben. Mrs. Jackson hatte gesagt, es kämen auch Russen – das sind Sie, nehme ich an.« Sie betrachtete ihn interessiert. »Sie sind noch sehr jung, nicht wahr?«

»Ich bin viel älter, als ich wirke«, antwortete Val steif. »Das sagen die Leute mir immer. Es gilt als bemerkenswert.«

»Wie alt sind Sie?«

»Einundzwanzig«, log er.

Sie lachte.

»Was für ein Unsinn. Sie sind höchstens neunzehn.«

Sein Ärger war so deutlich zu sehen, dass sie ihn sogleich beschwichtigte. »Das macht doch nichts! Ich bin selbst erst siebzehn. Womöglich wäre ich zu der Party gegangen, wenn ich gewusst hätte, dass es da auch jemanden jünger als fünfzig gibt.«

Der Themenwechsel war ihm willkommen.

»Aber Sie sind lieber hier sitzen geblieben, um im Mondschein zu träumen.«

»Ich habe über Fehler nachgedacht.« Sie ließen sich nebeneinander in zwei Liegestühlen nieder. »Das ist ein faszinierendes Thema – die Frage nach Fehlern. Frauen sinnen nur selten über Fehler nach – sie sind viel eher bereit, sie zu vergessen, als die Männer. Aber *wenn* sie einmal nachsinnen –«

»Sie haben einen Fehler begangen?«, erkundigte sich Val.

Sie nickte.

»Etwas, das sich nicht wiedergutmachen lässt?«

»Ich fürchte ja«, antwortete sie. »Sicher bin ich mir nicht. Das war es, worüber ich nachdachte, als Sie dazukamen.«

»Vielleicht kann ich irgendwie behilflich sein«, bot Val an. »Vielleicht ist Ihr Fehler doch noch wieder gutzumachen.«

»Das können Sie nicht«, antwortete sie unglücklich. »Lassen Sie uns also nicht daran denken. Ich bin den Gedanken an meinen Fehler leid und würde mir viel lieber von Ihnen von dem munteren Treiben in Cannes erzählen lassen, davon, wie lustig es heute Abend dort zugeht.«

Sie blickten beide hinüber zum Ufer, zu der Reihe geheimnisvoller, verführerischer Lichter, wie Spielzeughäuser mit Kerzen darin, aber in Wirklichkeit waren es die großen eleganten Hotels, der erleuchtete Uhrenturm in der Altstadt, der verschwommene Schimmer des Café de Paris, die Stecknadelspitzen der Villenfenster, die sich den Hügel hinaufzogen bis zum Dunkel des Himmels.

»Was wohl alle dort machen?«, flüsterte sie. »Ich stelle mir vor, es muss etwas Großartiges sein, aber was es ist, das verstehe ich nicht so recht.«

»Alles dort drüben dreht sich um die Liebe«, antwortete Val leise.

»Das ist die Erklärung?« Sie schaute lange hin, mit

einem seltsamen Ausdruck in den Augen. »Dann will ich heim nach Amerika«, sagte sie. »Es gibt zu viel Liebe hier. Ich will schon morgen fahren.«

»Das heißt, Sie fürchten sich vor der Liebe?«

Sie schüttelte den Kopf.

»Das ist es nicht. Es ist nur – für mich gibt es hier keine Liebe.«

»Und für mich auch nicht«, fügte Val leise hinzu. »Es ist traurig, dass wir zwei an einem so schönen Ort sitzen, an einem so schönen Abend, und doch haben wir – nichts.«

Er beugte sich zu ihr hinüber, mit einer beseelten, doch beherrschten Verliebtheit in den Augen – und sie wich zurück.

»Erzählen Sie mir mehr von sich«, entgegnete sie rasch. »Wenn Sie Russe sind, wo habe Sie dann so gut Englisch gelernt?«

»Meine Mutter ist Amerikanerin«, gab er zu. »Mein Großvater war ebenfalls Amerikaner, da hatte sie keine andere Wahl.«

»Dann sind Sie ja auch Amerikaner!«

»Ich bin Russe«, versicherte Val ihr nachdrücklich.

Sie sah ihn eindringlich an, lächelte und beschloss, nicht deswegen zu streiten. »Also müssen Sie«, fuhr sie diplomatisch fort, »wohl auch einen russischen Namen haben.«

Aber in diesem Augenblick wollte er ihr seinen

Namen nicht sagen. Ein Name, und wenn es auch der Name Rostow war, hätte den Zauber dieser Nacht vertrieben. Hier waren sie nur zwei leise Stimmen, zwei helle Gesichter – und das war genug. Er war überzeugt, ohne einen Grund für diese Überzeugung, aber mit einem Instinkt, der seine Gedanken bereits beflügelte, dass er schon binnen ganz kurzem, in einer Minute, in einer Stunde, zum ersten Mal der Wahrheit der Liebe begegnen würde. Im Vergleich zu der Regung in seinem Herzen bedeutete sein Name nichts.

»Sie sind schön«, sagte er unvermittelt.

»Woher wissen Sie das?«

»Weil für Frauen das Mondlicht das schwierigste Licht überhaupt ist.«

»Sehe ich hübsch aus im Mondlicht?«

»Sie sind das bezauberndste Wesen, das mir je begegnet ist.«

»Oh.« Darüber dachte sie nach. »Natürlich hätte ich Sie nie an Bord lassen dürfen. Ich hätte mir denken können, worauf die Rede kommen würde – bei solchem Mond. Aber ich kann doch nicht ewig hier so sitzen und hinüber zum Ufer starren. Dafür bin ich zu jung. Finden Sie nicht auch, dass ich zu jung dafür bin?«

»Viel zu jung«, stimmte er feierlich zu.

Plötzlich wurde ihnen beiden bewusst, dass die Musik sich verändert hatte, dass sie mehr aus der

Nähe kam, Musik, die über das Wasser herüberzuschweben schien, keine hundert Meter entfernt.

»Hören Sie!«, rief sie. »Das kommt von der Minnehaha. Sie sind mit dem Dinner fertig.«

Einen Moment lang hörten sie schweigend zu.

»Danke«, sagte Val unvermittelt.

»Wofür?«

Es war ihm kaum bewusst, dass er gesprochen hatte. Er dankte den Bläsern für ihre leisen und tiefen Töne, ihren Gesang im Nachtwind, der See für ihr warmes murmelndes Klagen und das Plätschern am Bug, den Sternen, die ihre Milch über sie ausgossen, und schließlich war ihm, als trage ihn eine Substanz straffer gespannt als Luft.

»So bezaubernd«, flüsterte sie.

»Was machen wir nun damit?«

»Müssen wir etwas damit machen? Ich dachte, wir könnten einfach hier sitzen und uns freuen –«

»Das glaube ich Ihnen nicht«, unterbrach er sie, mit ruhiger Stimme. »Sie wissen, dass wir etwas damit machen müssen. Ich werde mich jetzt in Sie verlieben – und Ihnen wird es gefallen.«

»Ich kann nicht«, antwortete sie ganz leise. Jetzt hätte sie gern gelacht, eine Bemerkung gemacht, leichthin, kühl, mit der sie die Sache wieder in das sichere Fahrwasser eines belanglosen Flirts gebracht hätte. Aber dazu war es jetzt zu spät. Val wusste, dass die Musik zu Ende brachte, was der Mond begonnen hatte.

»Ich will Ihnen die Wahrheit sagen«, sagte er. »Sie sind meine erste Liebe. Ich bin siebzehn – genauso alt wie Sie, nicht älter.«

Es war etwas ganz und gar Entwaffnendes an dieser Tatsache, dass sie beide gleich alt waren. Allein schon dadurch konnte sie dem Schicksal, das sie zusammengebracht hatte, nicht entgehen. Die Liegestühle knarzten, und er spürte den leisen, flüchtigen Hauch eines Parfüms, als sie sich nun fanden, plötzlich, wie die Kinder.

III

Später konnte er nicht mehr sagen, ob er sie nur einmal geküsst hatte oder mehrere Male, obwohl es gewiss eine ganze Stunde war, die sie dort beisammensaßen und die er ihre Hand hielt. Am meisten überraschte ihn an der Liebe, dass anscheinend nichts Wildes, Leidenschaftliches daran war – Bedauern, Begehren, Verzweiflung –, nein, es war das schwindelerregende Versprechen eines solchen Glücks auf dieser Welt, in diesem Leben, wie er es nie zuvor gekannt hatte. Die erste Liebe – es war ja nichts als die erste Liebe. Wie mochte sie dann erst in ihrer vollen Blüte sein, ihrer Vollkommenheit! Er wusste ja nicht, dass das, was er damals erlebte, diese unwirkliche, unschuldige Mischung aus Verzückung und Frieden etwas war, das sich nie, nie mehr, ein zweites Mal erleben ließ.

Die Musik war schon seit einer ganzen Weile verstummt, als schließlich die Laute eines herannahenden Ruderboots das sanfte Plätschern der Wellen durchbrach. Unvermittelt sprang sie auf und spähte angestrengt hinaus auf die Bucht.

»Hören Sie!«, sagte sie hastig. »Ich will, dass Sie mir Ihren Namen sagen.«

»Nein.«

»Bitte.« Ihr Ton war flehentlich. »Morgen reise ich ab.«

Er antwortete nicht.

»Ich will nicht, dass Sie mich vergessen«, sagte sie. »Ich heiße –«

»Ich vergesse Sie nicht. Ich verspreche Ihnen, ich werde die Erinnerung für alle Zeit in meinem Gedächtnis bewahren. Welche Frau auch immer ich noch lieben werde, ich werde sie stets an Ihnen messen, meiner ersten Liebe. So lange ich lebe, wird die Erinnerung an Sie in meinem Herzen lebendig sein.«

»Ich will, dass Sie die Erinnerung bewahren«, murmelte sie stockend. »Ach, das hier hat mir mehr bedeutet als Ihnen – viel mehr.«

Sie stand so nahe bei ihm, dass er ihren warmen, frischen Atem auf seiner Wange spürte. Noch einmal näherten sie sich einander. Er griff ihre Hände, umfasste die Handgelenke – das schien ihm das Angemessene – und küsste sie auf die Lippen. Es war der richtige Kuss, fand er, ein romantischer Kuss – nicht zu flüchtig und nicht zu viel. Trotzdem lag eine Art Versprechen darin, von anderen Küssen, die er hätte bekommen können, und es war doch ein Stich ins Herz, als er hörte, wie das Ruderboot sich nun näherte, und begriff, dass ihre Familie zurück war. Der Abend war vorüber.

»Und das ist erst der Anfang«, sagte er sich. »Mein ganzes Leben wird sein wie diese Nacht.«

Jetzt sprach sie mit leiser, schneller Stimme, und er hörte angespannt zu.

»Eines müssen Sie noch wissen – ich bin verheiratet. Seit drei Monaten. Das war der Fehler, über den ich nachdachte, als der Mond Sie hier herausbrachte. Sie werden das gleich verstehen.«

Sie verstummte, als das Boot an der Kajütleiter anlegte und eine Männerstimme aus dem Dunkeln heraufklang.

»Bist du das, Liebling?«

»Ja.«

»Was ist das für ein anderes Boot, das hier wartet?«

»Einer von Mrs. Jacksons Gästen, der aus Versehen hier herauskam, und ich habe ihn gebeten zu bleiben und mir eine Stunde Gesellschaft zu leisten.«

Einen Augenblick später erschienen das schüttere weiße Haar und das müde Gesicht eines Mannes von sechzig Jahren über der Bordkante. Da verstand Val, und zu spät ging ihm auf, wie viel sie ihm bedeutete.

IV

Als im Mai die Saison an der Riviera endete, verschlossen die Rostows und alle anderen Russen ihre Villen und zogen für den Sommer in den Norden. Auch die russisch-orthodoxe Kirche schloss ihre Pforten, die Fässer mit den erlesenen Weinen wurden verspundet, das elegante Mondlicht des Frühlings kam, wenn man so sagen will, auf den Speicher, um dort auf ihre Rückkehr zu warten.

»Wir sehen uns im nächsten Jahr«, sagten sie, eine Selbstverständlichkeit.

Aber es sollte anders kommen, sie kehrten nie mehr zurück. Diejenigen, die es nach fünf tragischen Jahren mit Müh und Not wieder in den Süden schafften, waren froh, wenn sie eine Arbeit als Zimmermädchen oder Kammerdiener in den großen Hotels bekamen, in denen sie einst diniert hatten. Viele von ihnen waren natürlich im Krieg oder der Revolution umgekommen; viele verbrachten ihre letzten Jahre als Schnorrer und kleine Ganoven in den großen Städten, und nicht wenige machten ihrem Leben in einer Art dumpfer Verzweiflung selbst ein Ende.

Als 1917 die Kerenski-Regierung zusammenbrach, war Val Leutnant an der Ostfront, versuchte verzweifelt, in seiner Truppe noch Autorität walten zu lassen, als längst keine Spur davon mehr bestand. Er war noch immer damit beschäftigt, als Fürst Pawel Rostow und seine Frau eines regnerischen Morgens die Sünden der Romanows mit ihrem Leben bezahlten – und die beneidenswerte Karriere von Morris Hasyltons Tochter in einer Stadt ihr Ende fand, die einem Schlachthaus tatsächlich noch ähnlicher sah, als es Chicago im Jahr 1892 getan hatte.

Danach kämpfte Val eine Zeit lang in Denikins Armee, bis er schließlich einsah, dass das, wofür er kämpfte, nur noch eine Farce war, der Glanz der russischen Zarenzeit vorüber. Darauf ging er nach Frankreich und musste sich ganz unvermittelt der verwirrenden Frage stellen, wovon er denn von nun an leben sollte.

Da lag der Gedanke, nach Amerika zu gehen, natürlich nahe. Zwei Verwandte, eine Art Tanten, mit denen seine Mutter sich vor vielen Jahren zerstritten hatte, lebten immer noch in vergleichsweisem Wohlstand dort. Aber die Vorstellung schien ihm, so wie seine Mutter ihn erzogen hatte, unmöglich, und er hätte auch nicht mehr das Geld für die Überfahrt gehabt. Er konnte nur hoffen, dass eine Konterrevolution ihm die Rostowschen Reichtümer in Russland zurückerstatten würde, und bis dahin musste er irgendwie sehen, wie er in Frankreich am Leben blieb.

Und so ging er also in die kleine Großstadt, die er am besten von allen kannte. Er ging nach Cannes. Mit seinen letzten zweihundert Francs kaufte er sich eine Fahrkarte dritter Klasse, und bei der Ankunft überließ er seinen Abendanzug einem Herrn, der mit dergleichen Dingen handelte und gern gefällig war, und erhielt im Gegenzug Geld für Unterkunft und Verpflegung. Später bereute er, dass er den Anzug verkauft hatte, denn der hätte ihm zu einer Stelle als Kellner verhelfen können. Aber er fand stattdessen Arbeit als Taxifahrer und war genauso glücklich, oder besser gesagt genauso unglücklich, dabei.

Manchmal fuhr er Amerikaner, die auf der Suche nach einer Mietvilla waren, und wenn das vordere Fenster des Passagierabteils aufgeklappt war, wehten kuriose Gesprächsfetzen zu ihm heraus.

»– gehört, der Bursche sei ein russischer Fürst.« ... »Psst!« ... »Doch, der hier vorne.« ... »Sei still, Esther« – und dann ein unterdrücktes Lachen.

Wenn der Wagen hielt, reckten seine Fahrgäste ein wenig die Hälse, um ihn anzusehen. Anfangs machte es ihn schwer unglücklich, wenn junge Frauen so etwas taten, aber bald hatte er sich daran gewöhnt. Einmal fragte ein lustig besäuselter Amerikaner ihn, ob die Geschichte stimme, und lud ihn zum Essen ein, ein andermal ergriff eine ältere Frau, als sie aus dem Taxi ausstieg, seine Hand, schüttelte sie heftig und steckte ihm dabei einen Hundertfrancschein hinein.

»Siehst du, Florence, jetzt kann ich zu Hause erzählen, dass ich einem russischen Fürsten die Hand geschüttelt habe.«

Der beschwipste Amerikaner, der ihn zum Essen eingeladen hatte, hatte Val anfangs für einen Zarensohn gehalten, und er musste ihm erklären, dass »Fürst« in Russland einfach nur ein Ehrentitel für einen Adligen war. Aber er konnte nicht verstehen, dass eine Persönlichkeit wie Val nicht draußen in der Welt echtes Geld verdiente.

»Wir sind hier in Europa«, erwiderte Val mit ernster Stimme. »Hier wird man nicht einfach reich. Entweder man erbt ein Vermögen oder man spart es über viele Jahre an, und über vielleicht drei Generationen steigt eine Familie in eine höhere Gesellschaftsschicht auf.«

»Ihr müsst euch etwas ausdenken, was die Leute haben wollen – so wie wir das machen.«

»Das geht in Amerika, weil die Leute das Geld haben, etwas zu wollen. Alles, was die Leute hier wollen, hat sich schon vor langer Zeit jemand ausgedacht.«

Doch ein Jahr später, mit der Hilfe eines jungen Engländers, mit dem er vor dem Krieg Tennis gespielt hatte, bekam Val immerhin einen Posten bei einer englischen Bank, Zweigstelle Cannes. Er schickte Post weiter, besorgte Bahnfahrkarten, organisierte Ausflüge für Reisende, die nie Zeit hatten. Manchmal erschien ein vertrautes Gesicht an seinem Schalter; wenn die anderen Val erkannten, gab er ihnen die Hand, wenn nicht, schwieg er still. Binnen zwei Jahren sprach niemand mehr vom ehemaligen Fürsten, das Schicksal der Russen war inzwischen ein alter Hut – der Wohlstand, in dem die Rostows und ihre Freunde einmal gelebt hatten, vergessen.

Er ging nur wenig unter die Leute. Am Abend machte er einen kleinen Spaziergang auf der Promenade, trank bedächtig ein Glas Bier in einem Café und ging früh zu Bett. Nur selten wurde er eingeladen, denn die anderen fanden sein beklommenes, angespanntes Gesicht bedrückend – und er nahm die Einladungen ohnehin nie an. Er trug jetzt billige französische Anzüge statt der edlen Tweed- und Flanellstoffe, die sie zusammen mit denen für seinen Vater aus England hatten kommen lassen. Was Frauen anbelangte, da kannte er keine einzige. Unter den vielen Gewissheiten, die er mit siebzehn gehabt hatte, war dies die größte gewesen – dass sein Leben voller Liebschaften sein würde. Jetzt, acht Jahre später, wusste er, dass es nicht so war. Irgendwie hatte er nie Zeit für die Liebe gehabt – der Krieg, die Revolution und jetzt seine Armut hatten sich verschworen gegen sein hoffnungsvolles Herz. Der Quell seiner Leidenschaften, der in einer Aprilnacht zum ersten Mal gesprudelt war, war sogleich wieder versiegt, und nur ein winziges Rinnsal blieb noch davon.

Seine glückliche Jugend war zu Ende gewesen, fast bevor sie begann. Er sah sich dabei zu, wie er immer älter wurde, schäbiger, wie er mehr und mehr nur von der Erinnerung an seine wunderbare Jugend lebte. Allmählich wurde er zum Sonderling, jemand, der etwa ein Erbstück hervorzog, eine alte Taschenuhr, und sie den anderen jungen Angestellten zeigte, die sich dann darüber amüsierten und einander zuzwinkerten, wenn er vom Glanz des Rostowschen Namens erzählte.

Das waren die düsteren Gedanken, die ihm an einem Aprilabend des Jahres 1922 durch den Sinn gingen, als er über die Promenade spazierte und den erwachenden Lichtern zusah, ein Zauber, der nie seinen Reiz verlor. Jetzt galt dieser Zauber nicht mehr ihm, aber er war doch immer noch da, und das machte ihn irgendwie froh. Morgen würde er zu seinem Urlaub aufbrechen, in einem billigen

Hotel ein Stück weiter die Küste hinunter, wo er baden und sich ausruhen und lesen konnte; dann würde er zurückkommen und wieder ein wenig arbeiten. Schon seit drei Jahren hatte er jedes Jahr seinen Urlaub in den letzten beiden Aprilwochen genommen, vielleicht weil um diese Zeit bei ihm die Sehnsucht, sich zu erinnern, am größten war. Im April war es gewesen, dass das, was zum besten Teil seines Lebens bestimmt war, seinen Höhepunkt gefunden hatte, im romantischen Licht des Mondes. Diese Zeit war ihm heilig – denn was er damals für den Anfang, die Initiation gehalten hatte, war, wie sich herausstellte, schon das Ende gewesen.

Vor dem Café des Étrangers hielt er inne, und einen Moment später überquerte er, einer Eingebung folgend, die Straße und schlenderte hinunter zum Strand. Ein Dutzend Jachten, die bereits im schönen Silberlicht strahlten, lag in der Bucht vor Anker. Er hatte die Boote schon am Nachmittag betrachtet und die Namenszüge an ihrem Bug gelesen – doch nur weil er es immer so hielt. Seit drei Jahren tat er das nun, und der Blick war ihm schon fast zur Gewohnheit geworden.

»Un beau soir«, ließ sich neben ihm eine französische Stimme vernehmen. Es war ein Bootsführer, der Val hier schon oft gesehen hatte. »Die See gefällt Ihnen, Monsieur?«

»Sehr.«

»Mir auch. Aber man kann kaum davon leben, außer in der Saison. Morgen allerdings, da habe ich Glück. Von morgen an bekomme ich guten Lohn einfach nur dafür, dass ich hier sitze und warte, von acht Uhr bis Mitternacht.«

»Das ist doch schön«, gab Val höflich zurück.

»Eine Dame aus Amerika, verwitwet, eine Schönheit; immer in den beiden letzten Aprilwochen kommt sie mit ihrer Jacht hierher. Wenn die Privateer morgen wieder hier einläuft, sind es drei Jahre.«

V

Die ganze Nacht über fand Val keinen Schlaf – nicht weil er hätte überlegen müssen, was er tun würde, sondern weil seine so lange betäubten Gefühle mit einem Male wieder erwacht und lebendig waren. Natürlich konnte er nicht zu ihr hinüberfahren – er als armseliger Versager, dessen Name nun nur noch ein Schatten war –, aber es würde ihn doch für den Rest seines Lebens ein wenig glücklicher machen, dies Wissen, dass sie sich erinnerte. Es gab seiner eigenen Erinnerung eine neue Dimension, verlieh ihr Tiefe wie jene stereoskopischen Brillen, mit denen aus einem flachen Blatt Papier ein dreidimensionales Bild erscheint. Jetzt war er überzeugt, dass er sich nicht getäuscht hatte – es hatte einen Augenblick gegeben, in dem er eine bezaubernde Frau beeindruckt hatte, und sie hatte ihn nicht vergessen.

Schon eine Stunde vor Abfahrtszeit war er am nächsten Tag mit seinem Koffer am Bahnhof, um jeder zufälligen Begegnung auf der Straße aus dem Weg zu gehen. Er suchte sich einen Platz in einem Dritter-Klasse-Abteil des wartenden Zuges.

Irgendwie kam ihm, während er dort saß und wartete, das Leben ganz anders vor – eine Art Hoffnung, schwach und unwirklich, die er vor vierundzwanzig Stunden noch nicht gespürt hatte. Vielleicht konnte er es im Lauf der kommenden Jahre ja doch so weit bringen, dass er eine Chance bekam, ihr noch einmal zu begegnen – wenn er hart arbeitete und energisch jede Gelegenheit, die sich ihm bot, ergriff.

Er wusste von zumindest zwei Russen in Cannes, die ihr Leben neu angefangen hatten, mit nichts außer Phantasie und guten Manieren, und die jetzt erstaunlich gut zurechtkamen. Ein wenig begann das Blut von Morris Hasylton in Vals Schläfen zu pochen, ihm kam wieder in den Sinn, was er so viele Jahre aus seinen Gedanken verbannt hatte – dass Morris Hasylton, der seiner Tochter einen Palast in Sankt Petersburg gebaut hatte, auch mit nichts angefangen hatte.

Zugleich machte sich eine weitere Regung bemerkbar, nicht so fremdartig, nicht so bewegend, aber genauso amerikanisch – der Wunsch zu wissen. Für den Fall – nun, für den Fall, dass ihm das Leben doch noch eine Möglichkeit verschaffte, bei ihr vorzusprechen, wollte er wenigstens ihren Namen wissen.

Er sprang vom Sitz, bekam in seiner Aufregung kaum die Abteiltür auf, war draußen. Seinen Koffer schleuderte er in die Gepäckaufbewahrung, dann rannte er zum amerikanischen Konsulat.

»Heute Morgen ist eine Jacht eingelaufen«, rief er, noch außer Atem, dem erstbesten Angestellten zu, »eine amerikanische Jacht – die Privateer. Ich brauche den Namen der Besitzer.«

»Einen Augenblick, bitte«, antwortete der Angestellte und sah ihn eigentümlich an. »Ich werde mich erkundigen.«

Val schien es eine Ewigkeit, bis der Mann zurückkam.

»Einen Augenblick noch«, sagte dieser zögernd. »Wir – anscheinend müssen wir noch rückfragen.«

»Ist die Jacht gekommen?«

»O ja – die ist hier. So viel ich weiß. Nehmen Sie doch einen Augenblick dort drüben Platz.«

Weitere zehn Minuten vergingen, Val blickte ungeduldig auf die Uhr. Wenn sie sich nicht beeilten, würde er wahrscheinlich seinen Zug verpassen. Er machte eine nervöse Bewegung, als ob er aufstehen wolle.

»Bleiben Sie, bitte«, bat ihn der Angestellte, der erschrocken von seinem Schreibtisch aufsah. »Ich bitte Sie. Bleiben Sie noch einen Moment sitzen.«

Val starrte den Mann an. Wieso war es für einen Büroangestellten so wichtig, ob er wartete oder nicht?

»Ich verpasse meinen Zug«, rief er ungeduldig. »Es tut mir leid, dass ich Ihnen so viel Mühe gemacht habe –«

»Bleiben Sie noch sitzen, bitte! Wir sind so froh, dass wir das endlich erledigen können. Sie müssen wissen, wir warten auf Ihre Anfrage schon seit – ähm – seit drei Jahren.«

Val sprang von seinem Stuhl auf und drückte sich energisch den Hut auf den Kopf.

»Warum haben Sie mir das nicht gesagt?«, schnauzte er den Mann an.

»Wir mussten erst unsere – unsere Auftraggeberin verständigen. Bitte gehen Sie nicht! Es – ah, zu spät.«

Val drehte sich um. Eine schlanke, strahlende Gestalt stand in der Tür, mit dunklen, verängstigten Augen, umrahmt vom Sonnenlicht der Straße draußen.

»Aber –«

Vals Mund stand offen, doch er brachte kein Wort hervor. Sie kam einen Schritt auf ihn zu.

»Ich –« Sie sah ihn hilflos an, ihre Augen füllten sich mit Tränen. »Ich wollte einfach nur Hallo sagen«, hauchte sie. »Seit drei Jahren komme ich hierher zurück, weil ich Hallo sagen wollte.«

Noch immer schwieg Val.

»Sie könnten mir etwas antworten.« Jetzt klang es ungeduldig. »Sie könnten mir etwas antworten, wo ich – wo ich ja fast schon geglaubt habe, dass Sie im Krieg umgekommen sind.« Sie wandte sich an den Angestellten. »Machen Sie uns miteinander bekannt!«, rief sie. »Denn sehen Sie, ich kann doch nicht Hallo zu ihm sagen, wenn wir beide nicht einmal wissen, wie der andere heißt.«

Natürlich muss man solchen Ehen zwischen den Kulturen misstrauen. In Amerika ist es Tradition, dass sie schlecht ausgehen, und wir sind an die typischen Schlagzeilen gewöhnt, »Herzogin gesteht: Würde Adelskrone gegen echt amerikanische Liebe tauschen« oder »Verarmter Graf misshandelt spanische Ehefrau«. Die gegenteiligen Schlagzeilen findet man nie, denn wer würde die schon lesen: »›Unser Schloss ist ein Liebesnest‹, sagt ehemalige Miss Georgia« oder »Herzog und Kaufmannstochter feiern goldene Hochzeit«.

Bisher hat es über die jungen Rostows noch überhaupt keine Schlagzeilen gegeben. Fürst Val ist viel zu sehr mit seiner mondscheinblauen Taxiflotte beschäftigt, als dass er Interviews geben könnte, und leitet die Firma mit großem Geschick. Nur einmal im Jahr verlassen er und seine Ehefrau New York – aber in Cannes gibt es noch immer einen Bootsführer, der selig ist, wenn in einer Nacht Mitte April die Privateer in den Hafen einläuft.

Gabriel García Márquez

Dornröschens Flugzeug

Sie war schön, geschmeidig, die Haut von der sanften Farbe des Brots, Augen wie grüne Mandeln, und sie hatte glattes und schwarzes und langes Haar bis auf den Rücken, und eine Aura von Jahrtausenden wie aus Indonesien oder auch den Anden umgab sie. Sie war mit ausgesuchtem Geschmack gekleidet: eine Luchsjacke, eine reinseidene Bluse, zart geblümt, eine Hose aus grobem Leinen und schmale Schuhe in der Farbe von Bougainvilleen. »Das ist die schönste Frau, die ich in meinem Leben gesehen habe«, dachte ich, als ich sie mit dem sachten Gang einer Löwin vorbeigehen sah. Ich stand in der Schlange am Charles-de-Gaulle-Flughafen in Paris, um das Flugzeug nach New York zu besteigen. Sie war eine übernatürliche Erscheinung, nur einen Augenblick lang, um dann in der Menschenmenge der Halle unterzutauchen.

Es war neun Uhr morgens. Es schneite seit der vergangenen Nacht, und der Verkehr in der Stadt war dichter als sonst und noch langsamer auf der Autobahn, Lastwagen standen aufgereiht am

Straßenrand, und Autos dampften im Schnee. In der Flughafenhalle hingegen ging das Leben frühlingshaft weiter.

Ich stand in der Schlange für das Check-in hinter einer alten Holländerin, die fast eine Stunde lang um das Gewicht ihrer elf Koffer feilschte. Ich begann mich zu langweilen, als mir die plötzliche Erscheinung den Atem nahm, sodass ich nicht mitbekam, wie die Auseinandersetzung endete, bis mich die Angestellte mit einem Tadel wegen meiner Unaufmerksamkeit aus meinen wolkigen Höhen herunterholte. Als Entschuldigung fragte ich sie, ob sie an Liebe auf den ersten Blick glaube. »Aber gewiss«, sagte sie. »Unmöglich sind andere.« Ihr Blick blieb fest auf den Bildschirm des Computers geheftet, und sie fragte mich, was für einen Sitzplatz ich wolle.

»Das ist mir gleich«, sagte ich mit aller Absicht, »solange es nicht neben den elf Koffern ist.«

Sie dankte es mir mit dem geschäftlichen Lächeln der ersten Klasse, jedoch ohne den Blick von dem flimmernden Bildschirm abzuwenden.

»Wählen Sie eine Nummer«, sagte sie, »drei, vier oder sieben.«

»Vier.«

Da bekam ihr Lächeln ein triumphales Glitzern.

»Ich bin jetzt fünfzehn Jahre hier«, sagte sie, »und Sie sind der Erste, der nicht die Sieben wählt.«

Sie markierte die Sitznummer auf der Bordkarte und überreichte sie mir mit dem Rest meiner Papiere, sah mich dabei zum ersten Mal mit traubenfarbenen Augen an, die mir Trost spendeten, bis ich die Schöne wiedersah. Dann erst wies sie mich darauf hin, dass man den Flughafen soeben geschlossen und alle Flüge verschoben habe.

»Wie lange?«

»So lange Gott will«, sagte sie mit ihrem Lächeln. »Der Rundfunk hat heute Morgen die stärksten Schneefälle des Jahres angekündigt.«

Ein Irrtum: Es wurden die stärksten des Jahrhunderts. Aber im Wartesaal der ersten Klasse war der Frühling so echt, dass die Rosen in den Vasen aufblühten und sogar die Konservenmusik so sublim und beruhigend wirkte, wie ihre Schöpfer es vorgaben. Plötzlich kam ich darauf, dass dies ein passendes Refugium für die Schöne sein musste, und ich suchte sie auch in den anderen Hallen, erregt vom eigenen Wagemut. Doch da waren meistens Männer aus dem wirklichen Leben, sie lasen englische Zeitungen, während ihre Frauen an andere dachten, den Blick durch die Panoramafenster auf die toten Flugzeuge im Schnee gerichtet, auf die vereisten Fabriken, die weiten Baumschulen von Roissy, die von den Baulöwen zerstört waren. Nach zwölf war kein Plätzchen mehr frei, und die Hitze war so unerträglich geworden, dass ich, um wieder durchatmen zu können, flüchtete.

Draußen bot sich mir ein beklemmendes Schauspiel. Menschen aller Art quollen aus den Wartesälen und kampierten in den stickigen Gängen, sogar auf den Treppen, lagerten mit ihren Tieren und Kindern und dem Handgepäck auf dem Boden. Denn auch die Verbindung zur Stadt war unterbrochen, und der Palast aus durchsichtigem Kunststoff sah wie eine riesige Raumkapsel aus, die im Sturm gestrandet war. Ich konnte den Gedanken nicht loswerden, dass auch die Schöne irgendwo zwischen diesen zahmen Horden sein musste, und diese Vorstellung gab mir neuen Mut zum Warten.

Zur Essenszeit hatte sich bei uns das Bewusstsein, Schiffbrüchige zu sein, durchgesetzt. Die Schlangen vor den sieben Restaurants, den Cafeterias, den gedrängt vollen Bars wuchsen ins Endlose, und nach kaum drei Stunden musste geschlossen werden, weil es nichts mehr zu essen und zu trinken gab. Die Kinder, die auf einmal alle Kinder dieser Welt zu sein schienen, fingen gleichzeitig an zu weinen, und die Menschenmenge verströmte den Geruch einer Schafherde. Es war die Stunde der Instinkte. Das einzig Essbare, was ich in all dem Getümmel ergatterte, waren die letzten zwei Becher Vanilleeis an einem Kinderstand. Ich aß sie bedächtig an der Theke, während die Kellner die Stühle, sobald diese frei wurden, auf die Tische stellten, und im Spiegel sah ich mich selbst mit dem letzten Pappbecher und dem letzten Papplöffel und dachte an die Schöne.

Der Flug nach New York, der für elf Uhr vormittags vorgesehen war, startete um acht Uhr abends. Als ich schließlich an Bord kam, saßen die Passagiere der ersten Klasse schon auf ihren Plätzen, und eine Stewardess geleitete mich zu dem meinen. Mir blieb die Luft weg. Auf dem Nachbarsitz, neben dem Fenster, nahm die Schöne gerade mit der Gelassenheit der erfahrenen Reisenden ihren Raum in Besitz. »Sollte ich das einmal schreiben, glaubt es mir keiner«, dachte ich. Und ich wagte kaum, einen unentschlossenen Gruß zu murmeln, den sie gar nicht wahrnahm.

Sie ließ sich nieder, als wolle sie viele Jahre dort verbringen, gab jedem Ding seinen Platz und seine Ordnung, bis der Sitzplatz so gut eingerichtet war wie das ideale Haus, wo alles in Reichweite liegt. Während sie das tat, kam der Purser mit dem Begrüßungschampagner. Ich nahm ein Glas, um es ihr zu reichen, bereute es aber noch rechtzeitig. Denn sie wollte nur ein Glas Wasser und bat den Purser, erst in einem undurchdringlichen Französisch, dann in einem kaum verständlicheren Englisch, man möge sie auf keinen Fall während des Fluges wecken. Ihre tiefe und warme Stimme war schleppend von orientalischer Traurigkeit.

Als man ihr das Wasser brachte, öffnete sie auf ihren Knien ein Necessaire mit kupfernen Eckverstärkungen, wie ein Koffer aus Großmutters Zeiten, und nahm zwei goldene Tabletten aus einem Schächtelchen, in dem noch andere in verschiedenen Farben lagen. Sie machte das alles systematisch und feierlich, als gäbe es nichts, das für sie nicht schon von Geburt an vorherbestimmt sei. Zuletzt schob sie den Vorhang am Fenster herunter, kippte den Sitz so weit wie möglich zurück, deckte sich, ohne die Schuhe auszuziehen, bis zur Taille zu, setzte die Schlafmaske auf, legte sich seitlich in den Sessel, den Rücken mir zugewandt, und schlief ohne eine einzige Unterbrechung, ohne einen Seufzer, ohne ihre Lage auch nur im Geringsten zu verändern, die ewigen acht Stunden und die zusätzlichen zwölf Minuten durch, die der Flug nach New York dauerte.

Es war eine intensive Reise. Ich bin schon immer der Überzeugung gewesen, dass es nichts Schöneres in der Natur gibt als eine schöne Frau, und so war es mir nicht möglich, mich auch nur einen Augenblick dem Zauber dieses an meiner Seite schlafenden Märchenwesens zu entziehen. Der Purser verschwand, sobald wir abgehoben hatten, statt seiner kam eine strenge Stewardess und wollte die Schöne aufwecken, um ihr das Toilettentäschchen und die Kopfhörer für die Musik zu geben. Ich wiederholte die Anweisung, die sie dem Purser gegeben hatte, aber die Stewardess blieb hartnäckig, wollte von ihr selbst hören, dass sie auch kein Abendessen wünschte. Der Purser musste es bestätigen. Dennoch tadelte sie mich, weil die Schöne sich nicht das Pappschildchen mit der Aufforderung, sie nicht zu stören, um den Hals gehängt hatte.

Ich nahm ein einsames Abendessen ein und sagte mir stumm all das, was ich ihr gesagt hätte, wäre sie wach gewesen. Ihr Schlaf war so tief, dass mich einen Moment die Sorge beschlich, die Tabletten dienten nicht zum Schlafen, sondern zum Sterben. Vor jedem Schluck hob ich das Glas und trank ihr zu: »Auf dein Wohl, du Schöne.«

Nach dem Abendessen wurden die Lichter gelöscht, der Film für niemanden abgespult, und wir beide blieben allein im Dämmer der Welt. Das größte Unwetter des Jahrhunderts war vorbei, und die Atlantiknacht war unendlich und rein, und das Flugzeug schien unbeweglich zwischen den Sternen zu hängen. Dann habe ich sie Stück für Stück mehrere Stunden lang betrachtet, und die einzigen wahrnehmbaren Lebenszeichen waren die Schatten der Träume, die über ihre Stirn glitten wie Wolken im Wasser. Um den Hals trug sie eine Kette, so fein, dass sie auf ihrer goldenen Haut fast unsichtbar war, sie hatte vollkommene Ohren, ohne Löcher für Ohrringe, die rosigen Nägel guter Gesundheit und einen glatten Ring an der linken Hand. Da sie nicht älter als zwanzig war, tröstete ich mich mit dem Gedanken, es sei kein Ehering, sondern das Zeichen eines flüchtigen Verlöbnisses.

»Wissen, dass du schläfst, gewiss, sicher, getreue Quelle der Hingabe, reine Linie, so nah meinen gebundenen Armen«, dachte ich, auf der Schaumkrone des Champagners das meisterliche Sonett von Gerardo Diego memoricrend. Dann lehnte ich meinen Sitz auf ihre Höhe zurück, und nun lagen wir näher zusammen als in einem Ehebett. Ihr Atem war so warm wie ihre Stimme, und von ihrer Haut stieg ein schwacher Hauch auf, der nur der natürliche Duft ihrer Schönheit sein konnte. Es schien mir unglaublich: Im vergangenen Frühjahr hatte ich einen wunderbaren Roman von Yasunari Kawabata über die greisen Bürger Kyotos gelesen, die Unsummen zahlten, um eine Nacht lang die schönsten Mädchen der Stadt zu betrachten, die nackt und betäubt dalagen, während die Männer sich im selben Bett vor Liebe verzehrten. Sie dürfen die Mädchen nicht wecken, nicht berühren und versuchen es auch nicht, denn das Wesen der Lust ist, sie schlafen zu sehen. In jener Nacht, während ich über den Schlaf der Schönen wachte, habe ich diese senile Raffinesse nicht nur verstanden, sondern sie voll ausgelebt.

»Wer hätte das gedacht«, sagte ich mir, das Selbstgefühl vom Champagner gesteigert: »Ich, ein alter Japaner, in dieser Höhe.«

Ich glaube, ich habe mehrere Stunden geschlafen, besiegt vom Champagner und dem stummen Mündungsfeuer des Films, und bin mit zerfurchtem Schädel aufgewacht. Ich ging zum Bad. Zwei Reihen hinter mir lag die Alte mit den elf Koffern breitbeinig auf den Sessel gestreckt. Sie sah wie ein auf dem Schlachtfeld vergessener Toter aus. Auf dem Boden, mitten auf dem Gang, lag ihre Lesebrille mit einer Kette aus bunten Perlen, und ich genoss einen Augenblick lang das kleinliche Glück, sie nicht aufzuheben.

Nachdem ich meine Champagnerexzesse verdaut hatte, ertappte ich mich im Spiegel, unwürdig und hässlich, und staunte darüber, dass die Verheerungen der Liebe so fürchterlich sind. Plötzlich sank das Flugzeug steil ab, fand mühsam wieder die Balance und flog bockend weiter. Der Befehl, zum Sitzplatz zurückzukehren, leuchtete auf. Ich stürzte aus dem Bad, in der Hoffnung, dass allein die Turbulenzen des Herrn die Schöne wecken könnten und sie sich vor dem Entsetzen in meine Arme retten müsste. In der Eile hätte ich fast auf die Brille der Holländerin getreten, und es hätte mich gefreut. Aber ich ging einen Schritt zurück, hob sie auf und legte sie ihr auf den Schoß, plötzlich dankbar dafür, dass sie nicht vor mir den Platz Nummer vier gewählt hatte.

Der Schlaf der Schönen war unbesiegbar. Als das Flugzeug sich beruhigt hatte, musste ich der Versuchung widerstehen, sie unter irgendeinem Vorwand zu schütteln, denn ich wünschte nichts mehr, als sie in dieser letzten Stunde des Fluges wach zu sehen, selbst in zornigem Zustand, damit ich meine Freiheit und vielleicht auch meine Jugend zurückgewänne. Aber ich brachte es nicht fertig. »Verdammt«, sagte ich voller Verachtung zu mir, »warum bin ich nicht als Stier geboren?« Sie wachte ohne Hilfe in dem Augenblick auf, als die Lichter für die Landung eingeschaltet wurden, und sie war so schön und glatt, als hätte sie neben einem Rosenstrauch geschlafen. Da erst fiel mir auf, dass sich Platznachbarn im Flugzeug, ebenso wie alte Ehepaare, nicht beim Aufwachen guten Morgen sagen. Auch sie nicht. Sie zog die Schlafmaske ab, öffnete die leuchtenden Augen, richtete die Rücklehne ihres Sitzes auf, warf die Decke beiseite, schüttelte ihre Mähne, die sich durch ihr Gewicht selbst richtig legte, nahm wieder den Toilettenkoffer auf die Knie und legte ein flüchtiges und überflüssiges Make-up auf, für das sie gerade so lange brauchte, dass sie mich bis zum Öffnen der

Türen nicht ansehen musste. Dann zog sie die Luchsjacke an, stieg mit einer konventionellen Entschuldigung in reinstem amerikanischem Spanisch über mich hinweg und ging, ohne sich auch nur zu verabschieden, ohne mir wenigstens all das zu danken, was ich für unsere glückliche Nacht getan hatte, und verschwand bis zum heutigen Sonnenaufgang im Urwald von New York.

Olga Tokarczuk

Zimmernummern

Im Hotel

Capital steigen viele reiche Leute ab. Für sie sind die Portiers in Livree da, die schlankbeinigen und befrackten Kellner mit spanischem Akzent, für sie sind die lautlosen, mit Spiegeln ausgekleideten Fahrstühle bestimmt, die Messingklinken, die keine Fingerabdrücke behalten dürfen und zweimal täglich von einer kleinen Jugoslawin poliert werden, die mit Teppich ausgelegten Treppen, die nur diejenigen benutzen, die im Fahrstuhl klaustrophobische Anfälle bekommen; die großen Sofas sind für sie da, die schweren gesteppten Bettüberwürfe, Frühstück im Bett, Klimaanlagen, Handtücher, die weißer sind als Schnee, und Shampoos, die eichenen Toilettensitze und druckfrischen Zeitschriften; für sie erschuf Gott Angelo, der für die Schmutzwäsche zuständig ist, und Zapato, der sich um Sonderwünsche kümmert; und für sie sind auch die durch die Korridore huschenden Zimmermädchen in ihren rosaweißen Uniformen da, darunter auch ich. Aber »ich« ist vielleicht zu viel gesagt. Von mir bleibt nicht viel übrig, wenn ich mir in der Abstellkammer am Ende des Korridors meinen gestreiften Kittel anziehe. Meine eigenen Farben lege ich da ab, meine verlässlichen Gerüche, Lieblingsohrringe, meine Kriegsbemalung und die hochhackigen Schuhe. Ich lege auch meine exotische Sprache ab, meinen merkwürdigen Namen, meine Art, Witze zu verstehen, meine Ausdrucksfältchen im Gesicht, meine Vorliebe für Gerichte, die hier völlig unbekannt sind, mein Gedächtnis für kleine Begebenheiten – und nackt stehe ich in meiner rosaweißen Uniform da, als stünde ich plötzlich im Meeresschaum. Und

Der ganze zweite Stock gehört nun mir

– an jedem Wochenende. Ich komme um acht und brauche mich nicht zu beeilen, denn um acht Uhr schlafen alle reichen Leute noch. Das Hotel hätschelt sie in seinem Schoß, es wiegt sie in Sicherheit, als wäre es eine große Muschel mitten in der Welt und die Gäste kostbare Perlen darin. Irgendwo weit weg erwachen die Autos, und die U-Bahn lässt die Spitzen der Grashalme erbeben. Der Innenhof des Hotels ist noch in kühle Schatten gehüllt.

Ich komme durch die Tür vom Innenhof herein und spüre sofort diesen merkwürdigen Geruch nach einer Mischung verschiedener Putzmittel, gewaschener Wäsche und den Mauern, die von der Unmenge der ständig wechselnden Menschen ins Schwitzen geraten. Der Fahrstuhl, einen halben Quadratmeter groß, hält dienstbereit vor mir an. Ich drücke auf den Knopf für den vierten Stock und fahre zu meiner Vorgesetzten Miss Lang, um Anweisungen zu erhalten. Zwischen dem zweiten und dem dritten Stock streift mich immer eine Art Panik, der Fahrstuhl könnte stecken bleiben und ich würde auf immer und ewig wie eine Bakterie im Körper des Hotels Capital festsitzen. Und wenn das Hotel aufwacht, wird es anfangen, mich allmählich zu verdauen, es wird bis in meine Gedanken vordringen und alles verschlingen, was noch von mir übrig ist, es wird sich von mir ernähren, bis ich lautlos verschwinde. Aber der Fahrstuhl entlässt mich gnädig nach draußen.

Miss Lang thront an ihrem Schreibtisch, und die Brille sitzt auf ihrer Nasenspitze. So muss die Königin aller Zimmermädchen aussehen, die Präsidentin über acht Stockwerke, die Beschließerin hunderter Laken und Bettbezüge, die Kammerherrin der Teppiche und Fahrstühle, der Besenkammern und Staubsauger. Sie schaut mich über ihre Brillengläser hinweg an und zieht einen Zettel hervor, der speziell für mich bestimmt ist. Darauf steht, in Rubriken und Felder eingeteilt, die

Bestandsaufnahme des gesamten zweiten Stockwerks, der Zustand jedes einzelnen Zimmers. Miss Lang nimmt die Gäste im Hotel nicht wahr. Vielleicht haben sie für höhergestelltes Personal eine Bedeutung, obwohl man sich nur schwerlich vorstellen kann, dass jemand wichtiger und vornehmer sein könnte als Miss Lang.

Für sie ist das Hotel sicher ein Gebilde der Vollkommenheit, ein lebendiges, wenn auch unbewegliches Wesen, für das wir sorgen müssen. Natürlich flattern, fließen Menschen hindurch, machen es sich in seinen Betten gemütlich und trinken Wasser aus seinen Messingzitzen. Aber sie sind vorübergehend, sie verschwinden wieder. Wir und das Hotel, wir bleiben. Deshalb beschreibt mir Miss Lang die Zimmer wie heimgesuchte Orte, immer im Passiv: belegt, verschmutzt, verlassen, seit mehreren Tagen unbesetzt. Dabei mustert sie widerwillig meine Zivilkleidung und die Spuren hastig aufgelegter Schminke. Im nächsten Augenblick gehe ich schon mit dem Zettel in Miss Langs schöner, geradezu viktorianischer Handschrift den Korridor hinab und überlege meine Strategie, verteile den Einsatz meiner Kräfte.

Dann überschreite ich, ohne nachzudenken, die unsichtbare Grenze zwischen dem Wirtschaftsteil und dem für Gäste. Ich erkenne ihn gleich am Geruch, aber ich muss die Nase heben, um ihn genau zu bestimmen. Manchmal gelingt es mir: Es riecht nach Herrenparfum von Armani oder Lagerfeld oder verschwenderisch elegantem Boucheron. Ich kenne diese Düfte aus den Proben in *Vogue*, ich weiß, wie die Flakons aussehen. Und es riecht nach Puder, Antifaltencreme, Seide, Krokodilleder, auf dem Bett verschüttetem Campari und Zigaretten Marke Caprice für elegante dunkelhaarige Damen. Das ist dieser Geruch, der für den zweiten Stock so typisch ist. Aber es ist nicht der ganze Geruch, eher die erste Schicht des ganz eigenen Geruchs des zweiten Stockwerks, den ich wie einen alten Bekannten erkenne, während ich meiner Abstellkammer zustrebe, und dort erfolgt dann

Die Verwandlung

In meiner rosaweißen Uniform sehe ich den Korridor schon mit ganz anderen Augen. Ich suche nicht nach Gerüchen, mein Spiegelbild in den Messingklinken zieht mich nicht mehr an, ich lausche nicht auf meine eigenen Schritte. Das, was mich jetzt beim Ausblick auf den Korridor interessiert, sind die nummerierten Rechtecke der Türen. Hinter jeder dieser acht Türen ist ein Zimmer – ein viereckiger prostituierter Raum, der sich alle paar Tage einem anderen hingibt. Vier Zimmer gehen zur Straße hinaus, wo immer ein bärtiger Mann in schottischer Tracht steht und Dudelsack spielt. Ich habe den Verdacht, dass er kein echter Schotte ist. Er ist mit zu viel Begeisterung dabei. Neben sich hat er einen Hut und ein Geldstück, das auf Gesellschaft wartet.

Die anderen vier Zimmer, deren Fenster zum Hof hinausgehen, sind nicht sonnig, eigentlich liegen sie immer im Dämmerlicht.

Alle acht Zimmer stecken in meinem Kopf, obwohl ich sie noch nicht sehe. Meine Augen nehmen nur die Klinken wahr. An manchen hängt ein Pappschild: *Do not disturb*. Das freut mich, denn es liegt nicht in meinem Interesse, Leute oder ihre Zimmer zu stören, und ich ziehe es vor, dass auch sie mich nicht stören, solange ich in die Betrachtung des zweiten Stocks als meines alleinigen Besitzes versunken bin. Manchmal teilt das Pappschild auch mit: *This room is ready to be serviced*. Diese Aufschrift versetzt mich in Bereitschaftszustand. Und es gibt eine dritte Art von Information, nämlich die fehlende Mitteilung. Das gibt mir einen Energieschub, lässt eine leichte Unruhe in mir aufsteigen und weckt meine bislang schlummernde Zimmermädchenintelligenz. Manchmal, wenn eine allzu große Stille durch die Türe dringt, muss ich das Ohr ans Holz legen und angestrengt horchen oder sogar durchs Schlüsselloch spähen. Das ist mir lieber, als mit einem Stoß Handtücher auf dem Arm drinnen einem Gast zu begegnen, der erschrocken versucht, seine Blöße zu bedecken oder, schlimmer noch, einen Gast anzutreffen, der in einem so hilflosen Tiefschlaf liegt, dass man fast meinen könnte, er sei gar nicht da.

Deshalb vertraue ich den Pappschildern an den Türen. Sie sind das Visum, das den Zugang in die Miniaturwelt gestattet, in

Die Welt der Zimmernummern

Zimmer 200 ist leer, das Bett ist zerwühlt, ein wenig Abfall liegt herum, in der Luft der bittere Geruch von jemandem, der in Hast war, sich auf dem Bett hin- und hergewälzt und dann fieberhaft gepackt hat. Dieser Jemand musste früh morgens abreisen, sicher hatte er es eilig, zum Flughafen oder Bahnhof zu kommen. Meine Aufgabe ist es jetzt, die Spuren seiner Anwesenheit auf und in Bett, Teppich, Schrank, Nachtkasten, Bad, Tapete, Aschenbecher und Luft zu tilgen. Das ist gar nicht so einfach. Gewöhnliches Saubermachen reicht nicht aus. Die verbliebenen Reste der Persönlichkeit des abgereisten Gastes muss man mit der eigenen Unpersönlichkeit bekämpfen. Das ist der Sinn der Verwandlung. Die Reste des Spiegelbilds jenes Gesichts muss ich nicht nur mit dem Lappen vom Spiegel wischen, ich muss den Spiegel auch mit meiner rosaweißen Gesichtslosigkeit ausfüllen. Jenen Geruch, den Hast und Fahrigkeit hinterlassen haben, muss ich durch meine Geruchlosigkeit zerstreuen. Deshalb bin ich hier, als offizielle und folglich wenig konkrete Person. Und ich tue, was meine Aufgabe ist. Am schlimmsten ist es mit den Frauen. Frauen hinterlassen mehr Spuren, und es geht nicht nur darum, dass sie Kleinigkeiten vergessen. Sie versuchen instinktiv, das Hotelzimmer in ein Ersatzheim umzufunktionieren. Wie Samen, die der Wind herbeigetragen hat, schlagen sie Wurzeln, wo sie nur können. In den Hotelschränken hängen sie irgendwelche alten Sehnsüchte auf, in den Badezimmern hinterlassen sie auf schamlose Weise ihre Begierden und Verlassenheit. Den Gläsern und Zigarettenfiltern drücken sie leichtfertig die Spur ihrer Lippen auf, in der Wanne lassen sie ihre Haare zurück. Auf dem Fußboden verstreuen sie Talkumpuder, der wie ein Verräter das Geheimnis ihrer Fußspuren enthüllt. Manche legen sich ins Bett, ohne ihr Make-up abzuwaschen, und dann zeigt mir das Kopfkissen, dieses Veronikatuch des Hotels, ihre Gesichter. Aber sie hinterlassen keine Trinkgelder. Dazu braucht man einen selbstsicheren Mann. Denn für die Männer ist die Welt immer mehr Markt als Theater. Sie bezahlen lieber für alles, sogar mehr als nötig. Sie sind nur frei, wenn sie zahlen.

Das nächste Zimmer ist

Nummer 224, in dem ein japanisches Paar wohnt

Sie sind ziemlich lange hier, und in ihrem Zimmer fühle ich mich wie eine Bekannte. Sie stehen früh auf, sicher um endlos Museen, Galerien und Geschäfte zu besuchen, die Stadt in Fotografien zu vervielfältigen, leise und wohlerzogen durch die Straßen zu eilen und in der U-Bahn ihren Sitzplatz anzubieten.

Sie bewohnen ein elegantes Doppelzimmer. Es sieht allerdings nicht in irgendeinem Sinne bewohnt aus. Hier gibt es keine Sachen, die versehentlich auf der Kommode unter dem Spiegel vergessen worden sind. Sie benutzen weder Fernseher noch Radio, auf der Messingtafel mit den Knöpfen sind keine Fingerspuren zu entdecken. In der Wanne ist kein Wasser, auf dem Spiegel kein Tröpfchen und kein Krümel auf dem Teppich. Die Kissen bilden nicht den Umriss ihrer Köpfe ab. Keine schwarzen Haare bleiben an meiner Uniform haften. Und, was geradezu beunruhigend ist: Es gibt keinen Geruch. Alles, was man riecht, ist das Hotel Capital.

Neben dem Bett sehe ich zwei Paar Sandalen, sauber und fein, ordentlich nebeneinandergestellt, für eine Weile vom Dienst an den Füßen befreit.

Das eine Paar ist groß, das andere kleiner. Auf dem Nachtkasten liegt ein Reiseführer, die Bibel eines jeden Touristen, im Badezimmer stehen die Toilettengegenstände – funktional, diskret. Ich mache also nur das Bett und richte dabei so viel Unordnung an wie die beiden in einem ganzen Monat.

Etwas rührt mich, wenn ich hier aufräume; es wundert mich, dass man auf eine Art und Weise da sein kann, als gäbe es einen gar nicht. Ich setze mich auf die Bettkante und nehme diese Abwesenheit in mich auf. Es rührt mich auch, dass die Japaner immer ein kleines Trinkgeld zurücklassen, säuberlich auf dem Kissen ausgelegte Münzen, die ich nehmen muss. Es ist eine Art Brief, eine Information. Es ist unsere Korrespondenz: Sie lassen mir das Trinkgeld auf dem Kissen, als wollten sie um Verzeihung bitten, dass sie mir so wenig Anlass geben, mich mit ihnen zu beschäftigen, ein Lohn für den Mangel an Durcheinander, dafür, dass sie sich nicht dem allgemeinen Chaos ringsum angepasst haben. Sie machen sich Sorgen, dass mich das enttäuschen oder erzürnen könnte. Dieses kleine Trinkgeld ist der Ausdruck ihrer Dankbarkeit dafür, dass ich ihnen gestatte, so zu sein, wie sie sein können und wollen. Ich bemühe mich zu zeigen, dass ich ihre Einstellung mir gegenüber zu schätzen weiß, und mache liebevoll ihr Bett. Ich glätte die Kissen, streiche über die Laken, die zu zerknittern sie nicht imstande sind, als wären ihre zarten Körper weniger materiell als andere.

Ich arbeite langsam, weihevoll, ich fühle, dass ich etwas gebe. Ich gehe auf darin und vergesse mich selbst. Ich liebkose ihr Zimmer und streiche zärtlich über die Dinge. Vielleicht spüren sie das jetzt in diesem Augenblick, während sie mit der U-Bahn zum nächsten Museum, zum nächsten Ausflug in diese nie ganz ergründliche Stadt unterwegs sind. Vor ihren Augen scheint einen Augenblick lang das Bild des Hotelzimmers auf, eine vage Sehnsucht, ein plötzlicher Wunsch zurückzukehren, aber keine Spur von mir. Meine Liebe, die sie vielleicht Mitgefühl nennen würden, hat kein Gesicht, in der rosaweißen Uniform gibt es keinen Körper. Sie hinterlassen ihr Trinkgeld auch nicht mir, sondern dem Zimmer, für sein schweigendes Verharren im veränderlichen Raum der Welt, für seine Beständigkeit in der durch nichts erklärbaren Unbeständigkeit. Die beiden Münzen auf dem Kopfkissen halten bis zum Abend die Illusion aufrecht, dass solche Zimmer auch dann existieren, wenn man sie nicht betrachtet. Die zwei Münzen zerstreuen allein die existenzielle Angst, dass die Welt nur im Betrachten der Welt existiert und dass es außerdem nichts gibt.

So sitze ich und ziehe die Kühle und Leere dieses Zimmers durch die Nase ein, bin voller Respekt für ein japanisches Paar, von dem ich nur die körperlose Form ihrer Füße in den verwaisten Sandalen kenne.

Aber dann muss ich dieses kleine Heiligtum verlassen. Ich tue es leise, gleichsam seufzend, und gehe ins Zwischengeschoss hinab, denn jetzt ist

Teepause

Die rosaweißen Prinzessinnen der anderen Stockwerke sitzen schon auf der Treppe, beißen in Toast, von dem die Butter tropft, und trinken Kaffee dazu. Neben mir sitzen Maria, die Indianerschönheit, dann Angelo von der Schmutzwäsche und Pedro, der wohl für die frische Wäsche zuständig ist, denn er ist so ernst. Er hat einen grau melierten Bart und dichte schwarze Haare. Er könnte ein Missionar sein, ein Ordensbruder auf Werbung, der sich auf seiner erleuchteten Reise auf der Treppe hier niedergelassen hat. Er liest auch noch *Herr der Fliegen*. Manche Worte unterstreicht er mit Bleistift, zu anderen trinkt er einen Schluck Kaffee.

»Pedro, was ist deine Muttersprache?«, frage ich.

Er hebt den Blick von seinem Buch, räuspert sich, als wäre er gerade aufgewacht, man sieht, dass er meine Frage im Kopf in seine Sprache übersetzt. Man merkt es an seiner kurzfristigen Geistesabwesenheit. Er braucht Zeit, um dort in die Tiefe seiner

selbst zurückzukehren, sich umzuschauen, diesen elementaren Rhythmus in seinem Ich zu benennen, ihn mit einem Wort zu definieren, die Worte zu übersetzen und dann auszusprechen.
»Kastilisch.«
Plötzlich fühle ich mich eingeschüchtert.
»Und wo ist dieses Kastilien?«, fragt Ana, eine Italienerin.
»Kastilien-Bastilien«, sagt Wesna philosophisch. Sie ist Jugoslawin und sehr hübsch.
Pedro zeichnet mit dem Bleistift einen Umriss und holt dann radebrechend bis in die graue Vorzeit aus, als die Menschen aus irgendwelchen Gründen gewaltige Strecken durch die Gegenden zurücklegten, die wir heute Europa und Asien nennen. Auf ihren Wanderungen vermischten sich die Völker, die Leute ließen sich nieder, brachen wieder auf und führten ihre Sprachen wie Fahnen mit sich. Sie bildeten große Familien, obwohl sie einander nicht kannten, und das Einzige, was in alledem Bestand hatte, waren die Worte.
Wir rauchen eine Zigarette, Pedro zeichnet unterdessen Diagramme, zeigt Ähnlichkeiten auf und zieht die Wurzeln aus den Worten, als entkerne er Kirschen. Denjenigen, die den Vortrag verstehen, wird allmählich klar, dass wir alle, die wir hier auf der Treppe sitzen, Kaffee trinken und Toast essen, dass wir alle einst dieselbe Sprache gesprochen ha-

ben. Nun, vielleicht nicht alle. Ich wage nicht nach meiner Sprache zu fragen. Und Myrra aus Nigeria tut auch so, als verstehe sie nicht, um was es geht. Als Pedro die dunkle, geballte Wolke der Vorgeschichte über uns ausbreitet, wollen wir alle darunter Platz finden.

»So eine Art Turm zu Babel«, sagt Angelo zusammenfassend.

»Ja, so könnte man es sehen.« Der Kastilier Pedro nickt traurig.

Und da kommt auch Margaret. Sie kommt zu spät, wie immer. Sie hat ständig zu wenig Zeit, ist die Nachzüglerin. Margaret gehört zu mir, sie spricht dieselbe Sprache, und ihr offenes, von der Anstrengung leicht gerötetes Gesicht ist mir vertraut und lieb. Ich schenke ihr Tee ein und bestreiche für sie einen Toast mit Butter.

»Servus«, flüstert sie, und dieses Wort ist wie ein Zeichen, auf das hin das Gespräch in alle mögliche Sprachen zerfällt.

Alle rosaweißen Fräulein summen und surren jetzt in ihrer eigenen Sprache, die Worte kullern wie Klötzchen die Treppe hinab und in die Küche, Waschkeller und Wäscheräume. Man hört, wie die Fundamente des Hotels Capital davon vibrieren.

Dann ist die Pause vorbei, jedes Zimmermädchen kehrt auf sein Stockwerk zurück, denn da warten

Die übrigen Zimmer

Nach all der Schwatzerei zwingen uns die langen Korridore zum Schweigen. Nun, soll es so sein. Schweigen ist eine Zimmermädchentugend in allen Hotels der Welt.

Nummer 226 ist offensichtlich gerade erst bezogen worden. Die Koffer sind noch nicht ausgepackt, die Zeitung nicht angerührt. Der Mann (im Bad steht Herrenkosmetik) ist sicher Araber (arabische Aufschriften auf dem Koffer, ein arabisches Buch). Aber im nächsten Augenblick denke ich: Was geht mich das an, woher irgendein weiterer Hotelgast kommt und was er hier macht? Ich treffe nur seine Sachen an. Der Mensch ist höchstens der Grund dafür, dass sich die Sachen hier befinden, nur eine Figur, die die Sachen in Zeit und Raum bewegt. Im Grunde sind wir alle Gäste so geringfügiger Dinge wie Kleidungsstücke und so großer Dinge wie des Hotels Capital. Der Araber, die Japaner, ich und sogar Miss Lang. Seit den Zeiten, von denen Pedro erzählt hat, hat sich nichts verändert. Die Hotels und Gepäckstücke sehen anders aus, aber die Reise geht weiter.

In diesem Zimmer ist nicht viel zu tun. Der Gast muss in der Nacht angekommen sein, er hat sich nicht einmal ins Bett gelegt. Jetzt ist er sicher geschäftlich unterwegs. Wenn er zurückkommt, packt er aus. Oder er fährt weiter in die Welt, lässt sich von seinen Dingen auf Reisen führen. Im Badezimmer stelle ich erfreut fest, dass er sich nicht gewaschen hat und anstelle des Toilettenpapiers die Kosmetiktücher benutzt hat.

Er war sicher aufgeregt oder unaufmerksam, was auf dasselbe hinausläuft. Als ihn das Taxi in der Nacht vom Bahnhof hierhergebracht hatte, muss er sich plötzlich fremd gefühlt haben. In solchen Augenblicken überkommt einen die plötzliche Lust auf Sex. Mit nichts macht man sich in der Welt so heimisch wie mit Sex. Wahrscheinlich hatte er sich schnell hinausgestohlen, um nach Frauen- oder Männerkörpern zu suchen, diesen schwankenden Booten, die schmerzlos durch jede Angst und Unruhe tragen.

Zimmer 227 ist genauso wie Nummer 226. Auch ein Einzelzimmer. Hier wohnt bereits seit längerer Zeit derselbe Gast. Das weiß ich deshalb, weil dort immer derselbe Geruch nach Zigaretten, Alkohol und Durcheinander herrscht. Und immer finde ich dasselbe Schlachtfeld vor, das mich erschreckt. Überall stehen Gläser mit Getränkeresten herum, verstreute Zigarettenasche, verschütteter Saft, ein Abfalleimer voll mit leeren Wodka-, Tonic- und Cognacflaschen. Der Geruch nach Teufelskreis und Ausweglosigkeit. Ich öffne das Fenster und schalte die Klimaanlage ein, aber das steigert nur noch den Eindruck von Hoffnungslosigkeit. Der Gegensatz zwischen dem Dumpfen und Kranken hier drinnen und dem Hellen, Klaren draußen wird offenbar. Dieser Typ (zig Krawatten hängen in der Schranktür) ist anders als die übrigen Gäste. Nicht nur deshalb, weil er trinkt und unordentlich ist, sondern auch, weil er sich vergisst. Er achtet nicht die Grenzen der Selbstentblößung und Selbstdarstellung durch seine Gegenstände. Er bemüht sich nicht, einen Schein zu wahren. Er kippt sein ganzes inneres Tohuwabohu aus und drückt es irgendjemand – mir zum Beispiel – in die Hand. Ich fühle mich wie eine Krankenschwester, und das gefällt mir sogar. Ich verbinde das von nächtlicher Schlaflosigkeit verletzte Bett, wasche die Saftwunden von der Tischplatte, entferne die Flaschen aus dem Körper des Zimmers, als zöge ich Dornen heraus. Selbst das Staubsaugen ist wie das Reinigen einer Wunde. Auf dem Sessel lege ich die neuen, teuren Spielsachen zurecht, die er wahrscheinlich gestern gekauft hat, flauschige Zeugnisse eines schmerzlichen Schuldgefühls. Der Kerl muss lange vor dem Spiegel gestanden und Krawatten anprobiert haben. Vielleicht hat er sogar die Anzüge gewechselt, denn jede Version seiner selbst war ihm zuwider. Dann ist er ins Badezimmer gegangen – auf dem Waschbecken steht ein nicht geleertes Glas. Er war ungeschickt und tollpatschig, hat Shampoo auf den Fußboden verschüttet und versucht, es mit einem weißen Handtuch wegzuwischen. Das verzeihe ich ihm. Ich beseitige die Spuren seiner Fehltritte. Ich stelle seine Toilettenartikel ordentlich auf. Ich weiß Bescheid. Dass er Angst vor dem Altern hat. Da ist die Antifaltencreme, Puder, Toilettenwasser der besten Marke. Rouge und Schminkstifte sind auch da – für die Augen. Offensichtlich steht er jeden Morgen, entsetzt von der Fremdheit seines Gesichts, vor dem Spiegel und verleiht ihm mit zitternden Händen sein altes Aussehen. Er schwankt, kann nicht genau erkennen, was er macht, drückt sich näher an den Spiegel, wo seine Finger Flecken hinterlassen. Er verschüttet Shampoo, flucht, will es aufwischen, dann sagt er auf Englisch, Französisch oder Deutsch: »Scheiß drauf.« Er will schon so, wie er dasteht, in die Welt hinausgehen, aber als er sich im Spiegel sieht, kapituliert er, kehrt um und beendet sein Make-up. Eine Tinktur deckt die Fältchen der Enttäuschung um den Mund ab, die dunkleren Schatten unter den Augen, die Zeichen dafür sind, dass er nachts nicht schläft, und die dunklen Flecken auf dem Kinn, an denen man ablesen kann, dass er Medikamente nimmt. Eine Spur Lidstift fälscht das Rot der Bindehaut. Schließlich ist er so weit, dass er ausgehen kann, und wenn er zurückkommt, muss er das Waschbecken von den

Spuren seines Fiaskos befreit vorfinden. Ich bin hier, um ihm zu verzeihen. Irgendwann habe ich sogar den Einfall, ihm einen Zettel zu schreiben, auf dem nur steht: *Ich vergebe dir.* Er würde diese Worte so verstehen, als hätte die Vorsehung selbst sie geschrieben. Dann würde er an den Ort zurückkehren, wo Kinder auf die flauschigen Spielsachen warten, wo die Krawatten ihren Platz im Schrank haben, wo er, das Gesicht vom Alkohol aufgedunsen, mit einem Drink in der Hand auf die Terrasse hinaustreten und aus vollem Hals der Welt zurufen kann: »Ich scheiß auf dich!«

Aber die Wirklichkeit ist die Vorsehung, und wenn alles so geht, wie es geht, hat sie bestimmt ihren tieferen Sinn. Ich verlasse das Zimmer, das nun bereit ist, seinen ewig zeitweiligen Bewohner zu empfangen.

Auf dem Korridor komme ich an Angelo vorüber, der Säcke mit Schmutzwäsche schleppt. Wir lächeln uns an. Ich öffne die Tür zum Zimmer 223, und auf den ersten Blick sehe ich sofort: Hier wohnen

Junge Amerikaner

Keine von uns schließt gerne ein Zimmer auf, in dem junge Amerikaner wohnen. Das sind keine Vorurteile. Wir haben nichts gegen Amerika, wir bewundern das Land sogar und haben Sehnsucht danach, obwohl viele von uns es noch gar nicht kennen. Aber die jungen Amerikaner, die sich im Hotel Capital aufhalten, richten ein gedankenloses, dummes Durcheinander an, ein Durcheinander, in dem nichts einen Sinn oder irgendeine Bedeutung hat.

Es ist kein rechtschaffenes Durcheinander, denn das Aufräumen verschafft keinerlei Genugtuung. Man kann es eigentlich gar nicht aufräumen – selbst wenn man alles ordentlich der Reihe nach aufstellt, wenn man die Flecken wegwischt und die Schmutzspuren beseitigt, wenn man alle Fältchen auf dem Überwurf und den Kopfkissen glättet und die zusammengeballten Gerüche mit frischer Luft vertreibt, verschwindet das Durcheinander nur für kurze Zeit, es verkriecht sich unter eine Decke und wartet da auf die Rückkehr seiner Besitzer. Sobald der Schlüssel im Schloss knirscht, wacht es auf und macht sich sofort wieder über das ganze Zimmer her.

Ein solches Durcheinander können nur Kinder anrichten: eine halb geschälte Apfelsine auf dem Bett, Zahnputzbecher voller Saft, eine plattgetretene Tube mit Zahnpasta auf dem Teppich. Papierschnipsel, die wie eine Sammlung ausgelegt sind, die Preisschildchen von Kleidung aus den besten Geschäften, in den Kleiderschrank gestopfte Kopfkissen, ein zerbrochener Hotelbleistift, auf den Sesseln verstreute Unterwäsche, adressierte Postkarten ohne Text. Der Fernseher läuft, die Gardinen sind zugezogen, an der Klimaanlage hängen Unterhosen zum Trocknen, überall liegen Zigaretten, im Aschenbecher häufen sich Melonenkerne.

Das Zimmer, in dem die Amerikaner wohnen, ist verspottet, seines Ernstes beraubt, gönnerhaft zum Scheinfreund gemacht. Ausgerechnet die hübsche, ganz in rosa und beige gehaltene Nummer 223 wird auf diese Weise profanisiert. Das Zimmer sieht aus wie ein ernster älterer Herr, der sich als Hampelmann verkleidet hat.

Wenn ich hereinkomme, tut es mir schon weh. Ich bleibe eine Zeit lang reglos stehen und schätze das Ausmaß der Verwüstung ab. Das Zimmer sieht aus wie ein kleines Schlachtfeld. Teure Seidenkleider sind achtlos über die Sessellehnen geworfen, der Geruch nach Luxusparfum, Sorglosigkeit, Reichtum und Körperkraft, der Geruch der U-Bahn-Linie achtundneunzig und der völligen Missachtung der Ordnung, die ein integraler Bestandteil der Dinge ist. Diese ganze nervöse Aktivität, die fehlende Wahrnehmung der Gegenwart und das mangelnde Verständnis dafür, dass sie ja der Keim der Zukunft ist – das alles ruft in mir Furcht wach. Das ist eine Seite in diesem Kampf. Auf der anderen Seite ist das stabile, konkrete, gegenwärtige und unveränderliche Zimmer 223. Und ich bin auf der Seite des Zimmers.

Langsam und systematisch mache ich mich daran, die Sachen aufzuräumen, aber private Dinge rühre ich nicht an. Vielleicht sind sie schon daran gewöhnt, nicht an ihrem Platz zu sein.

Die Zeit vergeht hier in großen Sprüngen, und ich werde immer unruhiger. Der Fernseher dröhnt, der Sender CNN überschwemmt mich mit Nachrichten aus der dröhnenden Welt, und die Welt versichert dem Sender, dass sie irgendwo dort draußen existiert und immer voller junger Amerikaner ist. Meine Unruhe wächst, meine Gebärden werden energisch und ermüdend, ich fange an mich zu beeilen, beginne auf die Uhr zu schauen, den Augenblick »jetzt« zu verlassen und einen Fuß schon in den Augenblick »danach« zu setzen. »Shit!«, fluche ich vor mich hin. Ich singe *Yankee Doodle Went to Town* ... Ich lasse den feuchten Wischlappen auf der hölzernen Tischplatte liegen. Das ist sehr nachlässig, und das Holz verfärbt sich von der Feuchtigkeit. Die Stimmung im Zimmer wirkt ansteckend. Ich muss ins Badezimmer fliehen, wo das Durcheinander nicht so spürbar ist. Als ich langsam die verstreuten Handtücher, Schwämme, Seifenstücke und Fläschchen eingesammelt habe, als ich die Badezimmertür schließen und mich auf die Einzelheiten konzentrieren kann, wird es ganz ruhig.

Das Badezimmer ist die Unterfütterung des Zimmers, die Unterseite des Lebens. Nach dem Bad bleiben in der Wanne Haare zurück, der Schmutz, der auf der Haut saß, lagert sich an der Innenwand ab. Der Abfallkorb ist voller benutzter Tampons, Kosmetiktücher und Wattebäusche. Hier liegt ein Rasierer für die Beine, dort ein Spiegel zum Zupfen der Augenbrauen und Überschminken jeglicher Unentschlossenheit. Hier eine Dose Talkumpuder gegen Schweißfüße, dort ein Klistiergerät und ein Täschchen mit Präservativen. Das Badezimmer ist nicht imstande, diese andere Seite des Lebens zu verschweigen. Ich bringe alles oberflächlich in Ordnung, vielleicht fürchte ich sogar, die sakralen Beweise der Vergänglichkeit der Menschen, die hier wohnen, zu vernichten. Vielleicht sollten sie es wissen. Vielleicht hatten sie keine Gelegenheit, es im Fernsehen zu sehen, in den Nachrichtensendungen, die alles miteinander vermischen, eines über das andere legen wie in einem Hamburger, vielleicht haben sie es nicht in der Schule gelernt, vielleicht gibt es so etwas nicht in den Filmen. Auf dem Mond hat Armstrong es auch nicht entdeckt: dass wir mit jedem Augenblick vergehen. Lebend sterben. Sie genauso wie ich.

Das bringt mich ihnen näher, diesen reichen, kraftstrotzenden Amerikanern, die so anders sind als ich. Sie haben ja ihr unglaubliches Land, einen anderen Rhythmus, jeden Tag Orangensaft zum Frühstück und eine Sprache, die die ganze Welt spricht. Vor zweitausend Jahren wären sie die Römer gewesen, und ich hätte in der Provinz gelebt, in irgendeinem Gallien oder Palästina. Aber sie und ich haben einen Körper, der aus demselben Lehm gemacht ist und vielleicht auch aus demselben Staub, einen Körper, der Haare verliert, altert und runzelt und am glatten Wannenrand einen Schmutzkranz hinterlässt. Während ich saubere Handtücher bereitlege und frische Bademäntel aufhänge, habe ich eine so tiefe Empfindung unserer Verbundenheit in diesem Elend, dass ich reglos verharre. Dasselbe Gefühl überkommt mich, wenn ich im Bett einer reichen und selbstsicheren Frau, die zu einem wichtigen wissenschaftlichen Kongress angereist ist, einen alten Teddybär in Babykleidung finde. Oder wenn in der Suite eines wichtigen Erfolgsmenschen das Bett schweißnass ist. Das ist die Angst, dieses knochenklappernde Zimmermädchen, das ihnen das Bett bereitet. Gott sei Dank, dass es sie gibt. Ohne sie wären diese Leute alte Götter – stark, selbstbewusst, hochmütig und dumm. Und jetzt, wenn sie nach Tagen voller Geschäfte, Geld, Unternehmungen, Einkäufe und wichtiger Treffen im Bett liegen und nicht einschlafen können, wenn sie daliegen und auf das verschlungene Tapetenmuster starren, beginnen ihre müden Augen in diesem rhythmischen Muster einen Riss, ein Loch, eine Unstimmigkeit zu entdecken. Sie sehen plötzlich Kratzer darin, eine Verfärbung, jenen Staub, der sich nicht abwischen lässt, den Schmutz, den man nicht abwaschen kann. In solchen Augenblicken werden die Teppiche kahl wie kranke Frauen und in den makellosen Tüllvorhängen erscheint das Brandloch von einer Zigarette. Der Atlas der Kissen platzt an den Nähten, Rost überzieht die Klinken und Beschläge. Die Kanten der Möbel stoßen ab, die Fransen der Vorhänge verheddern sich. Die Wolldecke verliert ihre Geschmeidigkeit und verfilzt vor Alter. Es riecht nach Staub. Ich weiß sogar, was die Leute dann machen. Sie stehen auf, schütteln den Kopf und genehmigen sich einen starken Drink oder eine Schlaftablette. Mit geschlossenen Augen liegen sie dann im Bett und zählen Schäfchen, bis der Schlaf ihre verängstigten Gedanken erlöst. Am Morgen erscheint ihnen dieser Augenblick der Nacht unwirklich und von einem bösen Traum nicht zu unterscheiden. Und einen bösen Traum hat doch jeder mal, nicht wahr?

Ich lehne mich an die Badezimmertür. Die Arbeit ist getan. Ich habe Lust, eine Zigarette zu rauchen.

Jetzt habe ich die Wahl zwischen zwei Zimmern: 228 und 229. Ich entscheide mich für 229, denn die Quersumme der Ziffern ergibt

Dreizehn

Das ist eine Ziffer des Überschwangs und Betrugs, und das gilt auch für das Zimmer, denn Nummer 229 hat ganz besondere Eigenschaften. Es zieht an, verspricht, birgt Überraschungen. An sich ist es scheinbar so wie die anderen: auf der rechten Seite das Badezimmer, der kurze Flur und dann alles Übrige, einschließlich des Bettes mit einem braunen Überwurf und der Tapeten in Grautönen, samt der Vorhänge mit Blumenmuster, Kommode und Spiegel. Und trotzdem wirkt es leerer als die anderen Zimmer. Hier höre ich meinen eigenen Atem, ich sehe meine vom Wasser aufgequollenen Hände, mein Spiegelbild erscheint weniger zufällig. Immer wenn ich dieses Zimmer betrete, werde ich vor Anspannung steif. In der letzten Woche wohnte hier ein Liebespaar, vielleicht ein junges Ehepaar. Sie zerwühlten das Bett, verstreuten die Handtücher, verschütteten Shampoo. Sie hinterließen gelbe Flecken auf dem Betttuch, ein riesiges Blumengesteck als Zeugnis von Liebesschwüren. Mit großem Bedauern musste ich es wegwerfen. Dieses Zimmer lässt sich schwieriger in Bereitschaft versetzen, denn es hat sein eigenes Gesicht. Es nimmt die Menschen mit Vorsatz an. Ich habe den Verdacht, dass es sie nach der ersten dort verbrachten Nacht in seinen Fängen hält, mit Träumen beunruhigt, über die Zeit hinaus fesselt, Wünsche weckt und Pläne über den Haufen wirft. Vor zwei Wochen vergaßen die Bewohner, die Wasserhähne im Badezimmer zuzudrehen. Das Wasser strömte in den Korridor, überschwemmte den flauschigen Teppich, bespülte die vergoldeten Tapeten. Die entsetzten Gäste standen, in Laken gewickelt, im Zimmer, während das Personal mit Aufnehmern herumlief.

»Es ist nichts passiert! Es ist nichts passiert!«, sagte Zapata immer wieder, während er die nassen Aufnehmer auswrang, sein Gesicht aber sagte etwas anderes, nämlich, dass etwas Schreckliches passiert war, dass dumme, gedankenlose Menschen die Hand gegen das Hotel Capital erhoben hatten.

Solche Dinge geschehen immer in Nummer 229.

Dieses Zimmer ist anders, das steht fest. Ich glaube, in der Rezeption weiß man das, denn man lässt es öfter leer stehen. Der ganze Betrieb wird in die Zimmer mit den niedrigeren Nummern am Anfang des Korridors gelenkt, damit die Leute näher am Fahrstuhl, näher an der Treppe, näher an der Welt sind.

Wenn das Zimmer leer steht, muss ich nur nachprüfen, ob alles dort in Ordnung ist, ob sich kein Staub auf den Möbeln gesammelt hat und ob die Klimaanlage funktioniert. Das mache ich besonders sorgfältig. Ich glätte den Überwurf, fahre über den Rand der Holzverkleidung, lüfte und setze mich dann kurz in einen Sessel und lausche meinem eigenen beschleunigten Atem. Das Zimmer umgibt mich, es umfängt mich. Es ist eine zärtliche, ungreifbare Liebkosung, die nur von einem geschlossenen Raum ausgehen kann. In solchen Augenblicken spüre ich ganz deutlich, dass mein Körper existiert und die rosaweiße Uniform bis zum Rand ausfüllt. Ich fühle den Kragen um meinen Hals und den kalt glänzenden Verschluss zwischen den Brüsten. Ich fühle die Schürzenbänder, die meine Taille umgürten. Ich fühle meine Haut, wie sie lebt, ihren Geruch hat und schwitzt, und ich fühle meine Haare, die meine Ohren streifen. Dann stehe ich gerne auf und betrachte mich im Spiegel, und jedes Mal wundere ich mich. Das bin ich? Ich? Ich berühre mein Gesicht mit den Fingern, fasse die Haut auf meinen Wangen, kneife die Augen zusammen, ziehe das Gummiband straffer um meine Haare. So erscheine ich mir manchmal im Traum – immer im Spiegel, immer mit einem anderen Gesicht.

Ich stehe da und träume davon, mich in einer steril sauberen Wanne zu baden, mit diesen weißen, warmen Handtüchern abzutrocknen und mich dann auf dem braunen Überwurf auszustrecken und ruhig darauf zu lauschen, wie wir atmen – das Zimmer und ich, ich und das Zimmer.

Heute ist Nummer 229 belegt, und an der Klinke

hängt ein Schild, dass das Zimmer sauber gemacht werden kann. Ich öffne die Tür mit meinem Schlüssel und gehe hinein. Die Kiste mit den Reinigungsutensilien ziehe ich hinter mir her. Dann bleibe ich völlig überrascht stehen, denn das Zimmer ist nicht leer. Am Schreibtisch sitzt ein Mann an der Tastatur seines Notebooks. Als ich die Sprache wiedergefunden habe, bitte ich um Entschuldigung und will schon hinausgehen, er hat sich geirrt, denke ich, er hat das Schild falsch herum aufgehängt. Aber er bittet mich herein und sagt, seine Anwesenheit solle mich nicht stören.

So etwas kommt manchmal vor. Mir gefällt so etwas gar nicht. Ich muss mich dann beeilen und meine Arbeit vor den Augen des Gastes verrichten. Damit wird der Gast zum Gastgeber und ich zum Gast. Die ewige Ordnung wird auf den Kopf gestellt. Meine Reinigung ist nicht mehr allmächtig, sie hat kaum etwas zu bedeuten. Die Zimmer sind nicht dazu gedacht, Gast und Zimmermädchen gleichzeitig zu beherbergen, und wir sind einander im Weg. Ich muss schnell und geschickt das große Doppelbett neu beziehen, das ich zu diesem Zweck von der Wand abrücken muss. Es ist nur wenig Platz. Der Mann an seinem Computer reicht schon aus, um mich beim Beziehen des Betts zu behindern. Ich weiß, dass ich ihn nicht mag. Er ist beängstigend lebendig.

Zuerst ziehe ich das alte Laken und die Bezüge der vier Kopfkissen ab. Ich lege das erste frische Betttuch auf, und um es glatt zu ziehen, muss ich ganz um das abgerückte Bett herumgehen. Ich spüre, dass der Mann mich beobachtet. Ich habe nicht den Mut, ihn anzusehen, ich will seinem Blick nicht begegnen. Ich müsste ihn dann anlächeln, er würde eine Frage stellen, ich müsste antworten. Ich versuche, ganz leise zu sein, nicht zu rascheln. Jetzt lege ich das zweite Laken auf, zwänge mich zwischen den Möbeln hindurch und lege die Ränder des Lakens unter die Matratze. Als ich an den ausgestreckten Beinen des Mannes vorbeikomme, mache ich mich ganz schmal, um sie nicht zu streifen, und ich beeile mich, ich beeile mich sehr. Dabei sieht mich der Typ ganz unverhohlen an. Das fühle ich. Seine ausgestreckten Beine sind eine Provokation, sie behindern mich und schüchtern mich ein. Vor Hast und Ärger wird mir heiß. Die angespannten Wadenmuskeln schmerzen, wenn ich die schwere Matratze hochhebe. Jetzt stecke ich die Kissen in die sauberen Bezüge. Etwas misslingt mir, das Kopfkissen rutscht mir aus den Händen und fällt auf den Boden. Ich stolpere darüber und verliere das Gleichgewicht. Ich bin genau ins Blickfeld der neugierigen Augen geraten.

»Bist du Spanierin?«, fragt er.

»Aber nein.«

»Jüdin?«
Ich verneine.
»Woher bist du denn?«
Ich antworte, und er sieht enttäuscht aus.

Ich rücke die Kissen zurecht und mache mich an den Überwurf. Er sieht interessiert zu, wie ich mich damit abmühe, den schweren Überwurf geradezuziehen. Wieder stehe ich neben ihm. Jetzt wende ich ihm den Rücken zu. Als ich die Kissen glatt streiche, spüre ich seinen Blick auf meinen Waden. Ich drücke mich an die Wand und verstecke meine Beine hinter dem Bett. Plötzlich geniere ich mich wegen der flachen schwarzen Schlappen, die ich trage, und ich stelle mich unwillkürlich auf die Zehenspitzen. Dann tut es mir leid, dass ich in dieser unansehnlichen und wenig schmeichelhaften Uniform stecke, mit der Schürze und dem Schlüsselbund an der Hüfte, anstatt in einem eleganten Kleid, wie ich es bei den Amerikanern gesehen habe. Ich fühle mich unsauber, verschwitzt und müde. Ich weiß, dass der Mann am Computer mich schamlos begutachtet. Sein Blick berührt mich irgendwo in der Kragengegend, an dem silbernen Reißverschluss, aber ich bin schon auf der anderen Seite des Betts. Ich muss eigentlich noch einmal an ihm vorbei, um die kleinen Kissen zu ordnen, aber dann würde ich wieder diesen gierigen Blick in meinem Rücken spüren, deshalb werfe ich die Kissen einfach auf das Bett. Als ich mich nach der Schmutzwäsche, der Wäsche dieses Kerls, bücke, kommt es mir vor, als sei mein Körper angeschwollen und wolle aus der Uniform platzen. Soll ich etwas sagen? Und in welchem Ton, welcher Sprache, warum? Mit gesenktem Blick weiche ich zur Tür zurück. Ich nehme die Kiste mit meinen Reinigungsutensilien und Schwämmen und stehe schon auf der Schwelle.

»Danke sehr«, sage ich, dabei weiß ich, dass ich mich für nichts zu bedanken habe. Er sollte sich charmant verbeugen und mir die Hand küssen. Und ich würde einen kleinen Knicks machen oder etwas dieser Art.

Ich sehe, dass der Typ nachsichtig mit dem Kopf nickt, und der Anflug eines Lächelns, der dabei auf seinem Gesicht erscheint, lässt mich erleichtert nach der Klinke greifen.

»Auf Wiedersehen«, sagt er, aber ich will ihn nie mehr wiedersehen.

Endlich bin ich draußen, vor der Tür.

Ich bleibe noch einen Augenblick stehen und horche. Ich bin ganz erhitzt, meine Beine tun mir weh, die Muskeln zittern vor Anstrengung. Ich habe mich so beeilt, dass ich viel Zeit gespart habe. Ich würde gerne unten ein wenig verschnaufen.

Ich stelle die Kiste an die Wand und gehe in den dritten Stock. Dort ist ein kleiner Durchgang zum

Squar, einem gewundenen Seitentreppenhaus, und dort beginnt

Der geheimnisvolle Teil des Hotels

für die Dauergäste. Ich gehe ein paar Stufen hinab an ein, zwei Türen vorbei und stehe am Geländer eines drei Stockwerke tiefen Treppenhauses. Ich blicke nach unten und sehe bis ins Parterre. Wie üblich ist dort kein Mensch.

Nur Halbdunkel und Stille. So kann man am besten eine Ruhepause machen – mit dem Blick nach unten, wo alles kleiner und ferner, weniger deutlich und trügerisch wird.

Der *Squar* ist tatsächlich der geheimnisvollste Teil des ganzen Hotels, man muss hellwach und aufmerksam sein, um sich hier nicht zu verirren. Nichts als Stufen, Durchgänge, Halbgeschosse und Ecken. Es ist wie ein Turm mit Nebengebäuden, er besteht aus drei Stockwerken, auf denen jeweils zwei Zimmer sind, deren Nummer mit einer Sieben beginnt. Ich weiß, dass es insgesamt acht Zimmer gibt, aber ich kann mir beim besten Willen nicht vorstellen, in welchen Winkeln sich die übrigen beiden befinden. Vielleicht wohnen dort Misanthropen oder unbequeme Ehefrauen, gefährliche Zwillingsbrüder, zwielichtige Mätressen. Vielleicht mietet die Mafia sie für illegale Geschäfte, oder Staatsoberhäupter, die hier, in der Abgeschiedenheit dieses spiralförmigen Raums, eine alltägliche Existenz führen wollen.

Die Zimmer im *Squar* sehen anders aus, eigentlich sind es Appartements. Sie sind vielleicht weniger elegant als die Zimmer oder auf andere Weise elegant. Verborgene Wandschränke, kleine Veranden, merkwürdige Möbel und Buchattrappen. Ganze Regale, die aus Buchattrappen bestehen: Shakespeare, Dante, Donne, Walter Scott. Wenn man ein solches Buch in die Hand nimmt, stellt man fest, dass es eine leere Pappschachtel ist, die einen Bucheinband vortäuscht. Eine Bibliothek der Leere.

Wenn man durch den *Squar* zu der Personaltoilette im Kellergeschoss geht, muss man aufpassen, dass man sich nicht verläuft. Das ist mir am Anfang passiert. Ich öffnete eine Tür, die mir bekannt vorkam, aber sie führte nicht, wohin sie sollte; ich stellte die Kiste mit den Reinigungsutensilien auf einer Treppe ab und konnte sie hinterher nicht mehr finden. Ich betrachtete die Reproduktionen von Stillleben an den Wänden, und hinterher dachte ich, ich hätte nur davon geträumt. Hier geschieht etwas Merkwürdiges mit dem Raum. Der Raum mag keine Wendeltreppen, Kamine und Schächte. Dann entwickelt er die Neigung, zu Labyrinthen zu degenerieren. Am besten hält man sich am Geländer des Treppenschachts fest, so wie ich es jetzt tue. Und dann schaut man weder nach unten noch oben, sondern einfach geradeaus.

Plötzlich dringt ein Geräusch an meine Ohren, irgendwo dort unten tut sich etwas, das sich verdächtig rhythmisch anhört: Puff, puff, puff und dazu ein Quietschen. Was ist das? Ich schleiche mich zu der Tür, die so aussieht wie alle anderen Türen im Hotel. Durch den Ritz über dem Fußboden sehe ich nur Metallspangen, doch ich höre jetzt ganz deutlich das rhythmische Geräusch und schwere Atemzüge dazu. Ich lege vorsichtig mein Ohr an die Tür, das Stöhnen wird immer schneller und heftiger, das Quietschen durchdringender. Ich springe erschrocken zurück, mir wird heiß, die Schlüssel an meiner Schürze klirren.

Auf der anderen Seite der Tür wird es still. Ich laufe leise wieder die Treppe hinauf und stelle mich im Stockwerk darüber an das Geländer. Man hört das Klacken von Klammern, die abgeschnallt werden, die Zimmertür öffnet sich einen Spalt, und ein Mann in Unterhosen schaut auf den Korridor hinaus. In der Hand hält er ein Gerät mit etlichen Spiralfedern, das aussieht wie ein komplizierter Expander. Ich drücke mich an die Wand hinter mir. Meine aufgewühlte Phantasie lässt sich kaum beruhigen.

Ich steige die dunkle Wendeltreppe in den Keller hinab, wo sich unsere Toiletten befinden. Dort verbreiten ordinäre Neonröhren ein grelles Licht. Ich schließe mich ein und beuge mich über das Waschbecken, spritze kaltes Wasser auf Gesicht und Hände, aber auch das kühlt mich nicht ab. Ich setze mich auf den Toilettensitz. Kein Geräusch dringt hierher. Es ist steril, leise, sicher. Angestrengt betrachte ich nacheinander die verschiedenen Reinigungspulver, die Papiertaschentücher, die große Rolle Toilettenpapier und die in Miss Langs Handschrift abgefasste Notiz:

Kurze Geschichte der Zivilisierung des Personals.
Zuerst hat Miss Lang geschrieben:
Warum hat das Hotel wohl Hygienebeutel zum einmaligen Gebrauch eingeführt? Und dann die Unterschrift: *Miss Lang.*

Aber wahrscheinlich konnte keines der Mädchen auf die Frage eine Antwort finden, denn unter der Notiz hängt noch ein Zettel: *Bitte alle benutzten Hygieneartikel in den dafür vorgesehenen Papierbeuteln entsorgen.*

Offensichtlich hat auch diese Bitte nicht das gewünschte Ergebnis erzielt, denn darunter hat Miss Lang in roter Tinte und kategorischem Ton hinzugesetzt:

Binden und Tampons bitte nicht ins Klosett werfen!

Ich bleibe noch eine Zeit lang sitzen und sehe mir jeden Buchstaben genau an. Dann zupfe ich meine

Haare zurecht und gehe zurück auf mein Stockwerk, denn

Das letzte Zimmer

habe ich noch nicht gemacht.

Es ist schon nach zwei Uhr, und inzwischen herrscht mehr Betrieb. Der offizielle Aufzug fährt auf und ab, die Türen schlagen dumpf, wenn sie sich öffnen und schließen. Die Gäste brechen in die Stadt auf, die Mägen verlangen nach einem Lunch. Angelo von der Schmutzwäsche macht sich in meiner Abstellkammer breit und stopft die Schmutzwäsche in seine Säcke.

»Wie viel hast du noch?«, fragt er.

»Eins«, sage ich und stelle zum wiederholten Mal fest, dass Angelos Platz nicht in einem eleganten Hotel ist, sondern im Hohelied, wo er vor sich hin schlendern und wie ein junger Hirsch über die Berge hüpfen könnte. Denn Angelo ist schön und wohlgestaltet wie die Berge des Libanon.

Er nickt und zeigt verstohlen auf ein altes Paar, das gerade aus Nummer 228 kommt. Ich habe sie schon einmal auf dem Weg zum Fahrstuhl gesehen. Er ist groß, weißhaarig und ein wenig gebückt, aber er hält sich besser als sie. Vielleicht ist er jünger, vielleicht hat er einen Pakt mit der Zeit geschlossen. Sie ist ganz klein, ausgetrocknet, zitterig, kann kaum einen Fuß vor den anderen setzen.

»Das sind Schweden. Sie ist hier, um zu sterben«, sagt Angelo, und er weiß alles.

Angelo meint das wohl nicht ganz ernst, aber als ich den beiden hinterherschaue, bemerke ich, dass der alte Mann die Frau nicht nur stützt, sondern fast trägt. Wenn er sie losließe, würde sie in sich zusammensacken wie ein leeres Kleid. Sie tragen immer Beige- und gedämpfte Brauntöne, die Farben des Hotels. Beide sind weißhaarig, und dem Weiß ihrer Haare sieht man an, dass es schon alle Sünden des Lebens vergessen hat.

Als sie im Fahrstuhl verschwunden sind, gehe ich in ihr Zimmer. Dieses Zimmer mache ich gerne sauber. Es gibt nicht viel zu tun. Die Dinge stehen wie verwurzelt an ihrem Platz. In der Luft hängen keine bösen Träume, kein Keuchen, keine Erregung. Die leicht zerdrückten Kissen zeugen von einem ruhigen Schlaf. Im Badezimmerspiegel sieht man das Abbild der ordentlich aufgehängten Handtücher, der säuberlich aufgestellten Zahnbürsten und ausgespülten Zahnputzbecher. Einfache Kosmetika stehen da, eine gewöhnliche Creme, Mundwasser, diskretes Parfum und Toilettenwasser. Als ich das Bett mache, fällt mir auf, dass es hier keinen konkreten Geruch gibt. So riechen Kinder. Ihre Haut an sich strömt keinen Geruch aus, sie fängt nur die Gerüche von außen auf und hält sie fest: den Geruch von Luft, von Wind, vom Gras, das der Ellbogen flach gedrückt hat, und den wunderbar salzigen Geruch der Sonne. Und so riecht dieses Bett. Wenn man ohne Sünde schläft, ohne weitreichende Pläne, ohne Auflehnung und Verzweiflung, wenn die Haut immer dünner, immer papierener wird, wenn das Leben langsam aus dem Körper entweicht wie aus einem sonderbaren Gummispielzeug, wenn man die Vergangenheit als endgültig geschehen und abgeschlossen betrachtet, wenn man nachts beginnt, von Gott zu träumen, dann hört der Körper auf, in der Welt seine Geruchsmarkierungen zu hinterlassen. Die Haut nimmt die Gerüche von außen auf und kostet sie zum letzten Mal.

Auf dem kleinen Tisch neben mir liegen zwei Bücher. Ich horche, ob niemand auf dem Gang unterwegs ist, und tue dann etwas, was ich nicht darf. Ich öffne eines der Bücher, es ist ein dickes Heft, wahrscheinlich ein Tagebuch, denn auf jeder Seite steht ein Datum und darunter eine zittrige runde Schrift in einer mir völlig unverständlichen Sprache. Das Heft ist fast vollgeschrieben, es sind nur noch ein paar leere Seiten darin. Das andere Buch ist die Bibel auf Schwedisch. Ich verstehe kein Wort, aber trotzdem kommt mir alles bekannt vor. Ein rotes Leseband ist da eingelegt, wo das Buch Prediger beginnt. Ich überfliege die Verse mit den Augen und habe das Gefühl, dass ich anfange, alles zu verstehen. Zuerst erscheinen einzelne Worte vertraut, dann tauchen ganze Sätze aus der Erinnerung auf und fließen mit dem Gedruckten zusammen: »Was war, das war längst gewesen, und was noch sein soll, war längst gewesen; so sucht Gott das Hinweggeeilte auf.« Die geheimnisvollsten Worte in der ganzen Heiligen Schrift.

Als ich fertig aufgeräumt habe, setze ich mich noch einmal auf das frisch gemachte Bett. Es ist angenehm, sich eine Zeit lang so im Dasein schweben zu lassen. Dann betrachte ich meine von den Putzmitteln mitgenommenen Hände und meine inzwischen sichtbar geschwollenen Füße in den schwarzen Schlappen. Aber mein Körper lebt und füllt meine Haut bis zum Rand aus. Ich rieche am Ärmel meiner Uniform – sie riecht nach Müdigkeit, Schweiß, Leben.

Mit Bedacht lasse ich etwas von diesem Geruch in Zimmer 228.

Ich schließe die Tür hinter mir und gehe in die Abstellkammer. Ich räume den Staubsauger und die Kiste mit den Reinigungsutensilien fort, dann ziehe ich die rosaweiße Uniform aus und stehe eine Weile nackt da, ohne Eigenschaften. Um mich wieder zurückzuverwandeln, lege ich meine Ohrringe an und ziehe mein buntes Kleid über. Dann fahre ich mir mit der Hand durch die Haare und schminke mich.

Ich gehe hinaus auf die sonnenüberflutete Straße und komme dabei an dem Schotten vorbei, der sich im Hauseingang umzieht. Der Schottenrock liegt auf dem Dudelsack, und er knöpft sich gerade die zerlöcherten Jeans zu.

»Ich hab doch gewusst, dass du nicht echt bist«, sage ich.

Witold Gombrowicz

Der Tänzer des Rechtsanwalts Landt

Zum vierunddreißigsten Male schon wollte ich mir wieder die Aufführung der Operette *Die Csárdásfürstin* ansehen, und da es spät war, umging ich die Schlange und wandte mich direkt an die Kassiererin: »Liebes Fräulein, geschwind, wie immer einen Platz auf der Galerie«, als mich jemand von hinten kalt – ja, kalt – am Kragen packte, vom Schalter zurückzog und mich an den mir gebührenden Platz stieß, nämlich ans Ende der Schlange. Das Herz begann mir stark zu klopfen, ich rang nach Atem – denn ist das nicht mörderisch, so plötzlich an öffentlichem Ort am Kragen gepackt zu werden? Doch ich sah mich um: Es war ein hochgewachsener, geschniegelter, duftender Herr mit kurzgestutztem Schnurrbärtchen. Im Gespräch mit zwei eleganten Damen und einem Herrn betrachtete er die soeben gekauften Eintrittskarten.

Alle schauten mich an – ich musste etwas sagen.

»Sind *Sie* so freundlich gewesen?«, fragte ich in einem vielleicht ironischen, vielleicht sogar unheilverkündenden Ton, doch, da mir plötzlich schwach wurde, fragte ich zu leise.

»Hä?«, fragte er, sich zu mir beugend.

»Sind *Sie* so freundlich gewesen?«, wiederholte ich, doch wieder – zu leise.

»Ja, ich war so freundlich. Dort – ans Ende! Hier herrscht Ordnung. Europa!« Und zu den Damen gewandt bemerkte er: »Man muss erziehen, unentwegt erziehen, sonst werden wir nie aufhören, ein Volk von Zulukaffern zu sein.«

An die vierzig Augenpaare und verschiedene Gesichter – das Herz klopfte, die Stimme versagte mir, ich wandte mich dem Ausgang zu – im letzten Moment (ich segne ihn, diesen Moment) – verschob sich etwas in mir, und ich kehrte um. Ich reihte mich in die Schlange ein, kaufte eine Eintrittskarte und kam gerade noch zu den ersten Takten der Ouvertüre zurecht; aber diesmal ging ich nicht wie sonst mit ganzer Seele in der Vorstellung auf: Während die Csárdásfürstin, kastagnettenklappernd, biegsam und atmend sang und erlesene Jünglinge mit Zylindern und hochgeklappten Kragen unter ihren erhobenen Armen in einer Reihe defilierten, schaute ich auf einen in den ersten Reihen des Parketts schimmernden Kopf mit blondem, pomadisiertem Haar und wiederholte: »Ach, so ist das!«

Nach dem ersten Akt ging ich hinunter, stützte mich leicht auf die Orchesterbrüstung und – wartete ein wenig. Da – verbeugte ich mich. Er reagierte nicht. Also noch eine Verbeugung – dann begann ich, mich nach den Logen hin umzusehen und wieder – verbeugte ich mich, als der entsprechende Moment gekommen war. Ich kehrte nach oben zurück, zitternd und erschöpft.

Nachdem ich das Theater verlassen hatte, blieb ich auf dem Bürgersteig stehen. Bald tauchte er auf – er verabschiedete sich von einer der Damen und ihrem Gemahl: »Auf Wiedersehen, sehr geehrte Herrschaften, also unbedingt – ich bitte Sie! – morgen um zehn Uhr im Polonia. Meine Hochachtung.« Danach half er der anderen Dame in ein Taxi und wollte gerade selber einsteigen, als ich hinzutrat.

»Verzeihen Sie, dass ich mich aufdränge, aber vielleicht wären Sie so freundlich, mich ein Stück mitzunehmen, ich liebe eine gute Fahrt so sehr.«

»Lassen Sie mich bitte in Ruhe!«, schrie er mich an.

»Vielleicht legen Sie ein Wort für mich ein«, wandte ich mich an den Fahrer. Ich spürte eine merkwürdige Ruhe in mir. »Ich liebe …«, aber schon fuhr das Taxi los. Obwohl ich nicht viel Geld habe, kaum genug für die nötigsten Bedürfnisse, sprang ich in das nächste Taxi und hieß es hinter ihnen dreinfahren.

»Verzeihung«, sagte ich zum Portier des braunen,

vierstöckigen Hauses, »das ist doch wohl der Herr Ingenieur Dziubiński, der soeben hineinging?«

»Woher denn, mein Herr«, erwiderte er, »das ist Herr Rechtsanwalt Landt mit Gemahlin.«

Ich kehrte nach Hause zurück. Diese Nacht konnte ich nicht einschlafen – wieder und wieder überdachte ich den ganzen Vorfall im Theater und meine Verbeugungen und die Abfahrt des Rechtsanwalts – drehte mich von einer Seite auf die andere im Zustand der Wachsamkeit und einer gesteigerten Geschäftigkeit, die mir nicht einzuschlafen erlaubte und die infolge des unaufhörlichen Sich-im-Kreise-Drehens zugleich wie ein zweiter Schlaf im Wachen ist. Gleich am nächsten Morgen schickte ich einen prachtvollen Strauß Rosen an den Rechtsanwalt Landt. Gegenüber dem Hause, in dem er wohnte, befand sich eine kleine Milchbar mit einer Veranda – dort saß ich den ganzen Morgen hindurch und erblickte ihn endlich gegen drei Uhr nachmittags in einem grauen eleganten Anzug mit einem Spazierstöckchen. Ach, ach – er ging dahin, vor sich hinpfeifend, und schwang hin und wieder das Stöckchen, schwang das Stöckchen ... Sofort zahlte ich und lief ihm nach – und voller Bewunderung der leicht wogenden Bewegung seines Rückens delektierte ich mich an dem Gedanken, dass er von nichts wusste – dass dies zuinnerst meine Angelegenheit war. Hinter ihm her wehte ein Rüchlein von Toilettenwasser, er war frisch – es schien eine Unmöglichkeit, irgendeine Annäherung an ihn zu erreichen. Doch fand ich ein Mittel dafür! Ich beschloss: Biegt er nach links ein, so kaufst du dir dieses Buch *Abenteuer* von London, von dem du seit Langem träumst – und biegt er nach rechts ab, so wirst du es niemals haben, nie mehr, selbst wenn du es umsonst kriegen solltest, wirst du nicht eine einzige Seite davon lesen! Es wird verloren sein! Oh, stundenlang hätte ich auf diese Stelle seines Nackens starren können, wo das Haar in gerader Linie endet und der weiße Nacken beginnt. Er bog nach links ein. Unter anderen Umständen wäre ich sofort in eine Buchhandlung gelaufen, doch jetzt ging ich weiter hinter ihm her – und nur mit dem Gefühl unaussprechlicher Dankbarkeit.

Der Anblick eines Blumenmädchens gab mir eine neue Idee ein – konnte ich ihm doch gleich, sofort – dies lag ja in meiner Macht – eine Ovation darbringen, eine diskrete Huldigung, etwas, was er vielleicht nicht einmal merken würde. Aber was lag daran, wenn er es nicht bemerkte? Das wäre sogar noch viel schöner – heimlich zu huldigen. Ich kaufte ein Sträußchen, überholte ihn – und sobald ich nur in seinen Gesichtskreis trat, war mir ein gleichmäßiger, gleichgültiger Schritt ein Ding der Unmöglichkeit – und ich warf ihm unmerklich einige schüchterne Veilchen vor die Füße. Und da fand ich mich plötzlich in einer überaus wunderlichen Situation: Ich ging immerzu weiter und weiter, ohne zu sehen, ob er hinter mir hergehe, oder ob er vielleicht abgebogen oder in ein Haus eingetreten sei, aber ich hatte nicht die Kraft, mich umzuschauen – ich hätte mich nicht umgeschaut, und wenn weiß ich was davon abgehangen hätte, vielleicht alles überhaupt – und als ich mich schließlich dazu überwunden hatte und so tat, als verlöre ich meinen Hut, und mich umdrehte – war er nicht mehr hinter mir.

Bis zum Abend lebte ich nur noch mit dem Gedanken an das Hotel Polonia.

Ich trat unmittelbar hinter ihnen in den prächtigen Saal und setzte mich an ein benachbartes Tischchen. Ich ahnte, dass mich das teuer zu stehen kommen würde, aber schließlich (dachte ich) lag nichts daran, und vielleicht lebte ich nicht mehr länger als ein Jahr und brauchte nicht zu sparen. Plötzlich wurden sie meiner gewahr; die Damen waren sogar so taktlos, dass sie zu flüstern begannen, er hingegen – enttäuschte mich nicht in meinen Erwartungen. Er bedachte mich nicht mit dem Schatten einer Beachtung, er charmierte, neigte sich zu den Damen, dann wieder schaute er sich um und beobachtete andere Damen. Er sprach bedächtig, mit Geschmack, während er die Speisekarte durchsah:

»Hors d'œuvres … Kaviar … Mayonnaise … Poularde … Ananas zum Dessert – Mokka, Pommard, Chablis, Cognac und Liköre.«

Ich bestellte.

»Kaviar – Mayonnaise – Poularde – Ananas zum Dessert – Mokka, Pommard, Chablis, Cognac und Liköre.«

Es dauerte lange. Der Rechtsanwalt aß viel, besonders von der Poularde – ich musste mich zwingen – wahrhaftig, ich dachte, ich würde es nicht mehr schaffen, und schaute mit Schrecken hin, ob er sich nochmals nachlegte. Er langte fortwährend nach und aß mit Genuss, in großen Bissen, aß ohne Erbarmen, trank Wein dazu, bis es für mich am Ende zu einer wahren Tortur wurde. Ich dachte, ich würde niemals mehr eine Poularde sehen können und nie wieder einen Löffel Mayonnaise hinunterschlucken können, es sei denn – es sei denn, wir würden einmal wieder zusammen in ein Restaurant gehen, und dann wäre es etwas anderes, dann, das wusste ich sicher, dann würde ich es durchstehen. Er trank auch eine Menge Wein, sodass mir langsam schwindelig wurde. Ein Spiegel gab seine Gestalt wieder. Wie wundervoll er sich beugte! Wie geschickt und kundig bereitete er sich den Cocktail! Wie elegant, einen Zahnstocher zwischen den Zähnen, scherzte er! Auf dem Scheitel hatte er eine heimliche kahle Stelle, an seinen zart gepflegten

Händen trug er einen Siegelring, seine Stimme war tief, Bariton, weich und zärtlich. Seine Frau zeichnete sich durch nichts aus, sie war – man kann sagen – unwürdig. Hingegen die Frau Doktor! Ich hatte sofort bemerkt, dass seine Stimme, wenn er sich an Frau Doktor wandte, weichere und rundere Töne annahm. Ach, ach! Eine klare Sache! Die Frau Doktor war wie für ihn geschaffen, schlank, schlangenhaft, vornehm, träge, ein Kätzchen mit wundervoller weiblicher Caprice. Und aus seinem Munde klang das Wort Krällchen ausgezeichnet, man fühlte, dass er liebte, dass er konnte. Krällchen, Weibchen, Lümpchen, Schlingel, Zechbruder – ha, ha, ein Zechbruder von einem lieben Doktorlein! Und – »ich bitte«, dieses so beredte und unwiderstehliche, so kultivierte und keinen Widerspruch duldende »ich bitte«, gleichsam eine aus zwei Wörtern bestehende Chronik aller möglichen Triumphe. Und seine Fingernägel waren rosig, besonders einer, der am kleinen Finger. – Erst gegen zwei Uhr morgens kehrte ich nach Hause zurück und warf mich im Anzug aufs Bett. Ich war übersättigt, übervoll, zermalmt, bekam einen Schluckauf, es brummte mir im Kopfe, und die feinen Gerichte sprengten mir den Magen. Eine Orgie! Eine Orgie und Völlerei, ein Gelage! Eine Nacht im Restaurant – flüsterte ich – ein nächtliches Gelage! Zum ersten Mal – ein nächtliches Gelage! Durch ihn – und für ihn!

Seitdem saß ich jeden Tag auf der Veranda der Milchbar in Erwartung des Rechtsanwalts und ging ihm nach, sobald er sich zeigte. Jemand anderer hätte dem Warten vielleicht nicht sechs, sieben Stunden widmen können. Doch ich hatte Zeit, mehr als genug. Die Krankheit, die Epilepsie, war meine einzige Beschäftigung, und auch das nur eine feiertägliche, am Rande der langen Reihe von Tagen – darüber hinaus hatte ich keinerlei andere Verpflichtungen, hatte freie Zeit. Mich hielten nicht, wie andere, Verwandte ab, Bekannte oder Freunde, Frauen und Tänze; außer einem einzigen Tanz – dem Veitstanz – kannte ich weder Tänze noch Frauen. Ein bescheidenes, kleines Einkommen genügte mir für meine Bedürfnisse, und übrigens gab es Anzeichen dafür, dass mein erschöpfter Organismus es nicht mehr lange aushalten würde – wozu sollte ich sparen? Von früh bis abends freier, arbeitsloser Tag, wie ein unaufhörlicher Feiertag, Zeit in unbeschränkter Menge, ich – ein Sultan, die Stunden – Huris ...

Ach, komm endlich – Tod!

Der Rechtsanwalt war ein Leckermaul, und es ist schwer zu sagen, wie schön das war; jedes Mal wenn er vom Gericht nach Hause ging, trat er in eine Konditorei und verzehrte dort zwei Napoleonschnitten – ich beobachtete ihn durch die Schaufensterscheibe, wie er am Büfett stand und sie vorsichtig in den Mund schob, um sich nicht mit der Creme zu beschmieren, und dann leckte er fein die Finger ab, oder wischte sie mit einer Papierserviette. Lange dachte ich darüber nach, und schließlich – ging ich einmal in die Konditorei.

»Kennen Sie den Herrn Rechtsanwalt Landt?«, fragte ich die Besitzerin. »Er verzehrt hier immer zwei Napoleonschnitten. Ja? Also ich zahle hier für diese Napoleonschnitten auf einen Monat im Voraus. Wenn er kommt, nehmen Sie bitte kein Geld an, sondern sagen Sie nur lächelnd: ›Das ist bereits erledigt.‹ Das hat nichts weiter zu bedeuten, sehen Sie, ich habe ganz einfach eine Wette verloren.«

Am nächsten Tage kam er wie gewohnt, aß und wollte bezahlen – man verweigerte die Annahme – er regte sich auf und warf das Geld in eine Büchse für Wohltätigkeitszwecke. Was konnte mir das schaden? Eine reine Formsache – er durfte für obdachlose Kinder geben, so viel er wollte, das änderte nichts an der Tatsache, dass er meine zwei Napoleonschnitten gegessen hatte. Doch werde ich hier nicht alles beschreiben, denn überhaupt, kann man denn alles beschreiben? Das war wie ein Meer – von morgens bis abends und oft auch in der Nacht. Es war wild, wie zum Beispiel, als wir einmal einander gegenüber, Auge in Auge, in der Elektrischen Platz genommen hatten; und süß, wenn ich ihm gelegentlich einen Dienst erweisen konnte – und manchmal lächerlich. Lächerlich, süß und wild? – Ja, nichts ist so schwierig und delikat, so heilig sogar wie die menschliche Persönlichkeit, nichts kann sich mit dieser Gier geheimer Verbindungen vergleichen, die zwischen Fremden bedeutungs- und gegenstandslos entstehen, um unmerklich mit ungeheuerlichen Fesseln zu binden. Stellt euch einen Rechtsanwalt vor, der aus einer öffentlichen Bedürfnisanstalt herausgeht, in die Tasche nach fünfzehn Pfennigen langt und erfährt, dass die Rechnung – bereits beglichen ist. Was empfindet er da? Stellt euch vor, dass er auf Schritt und Tritt auf Anzeichen eines Kultes stößt, auf Ehrerbietung und Diensterweisung rings um sich her, auf Treue und eisernes Pflichtbewusstsein, auf Hingabe. Aber die Frau Doktor! Das Verhalten der Frau Doktor quälte mich entsetzlich. Sagte ihr denn sein Werben nichts, hatten denn der Zahnstocher und der Cocktail im Polonia keinerlei Eindruck auf sie gemacht? Offensichtlich war sie nicht einverstanden mit ihm – einmal, bemerkte ich, kam er wütend aus ihrem Haus, mit schiefer Krawatte … Was für eine Frau! Was sollte man tun, wie sie geneigt machen, wie sie überzeugen, dass sie es auch gleich richtig begriff, dass sie es zutiefst verstand, wie ich meinte, dass sie es spüren sollte. Nach langem Schwanken beschloss ich, das beste wäre – ein anonymer Brief.

»*Madame!*

Wie kann man nur? Ihr Verhalten ist unbegreiflich, nein, so wie Sie sich verhalten, das darf man nicht! Haben Sie denn kein Empfinden für diese Gestalten, Bewegungen, Modulationen, für diesen Duft? Begreifen Sie nicht diese Vollkommenheit? Wozu sind Sie denn eine Frau? Ich an Ihrer Stelle wüsste, was sich gehört, wenn er nur geruhen würde, meinem kleinen, armseligen, unbeholfenen weiblichen Körperchen mit dem Finger zu winken.«

Nach einigen Tagen (es war spätabends in einer menschenleeren Straße) blieb Rechtsanwalt Landt stehen, wandte sich um und wartete mit dem Spazierstock. Es war nicht möglich, sich zurückzuziehen – ich ging also weiter, obgleich mich eine Art Ohnmacht überkroch – bis er mich am Arm packte, schüttelte und dabei mit dem Stock auf den Boden schlug.

»Was bedeutet diese idiotische Komödie? Wieso drängen Sie sich auf?«, schrie er. »Warum schleichen Sie mir nach? Was soll das heißen? Ich werde Sie mit dem Stock verprügeln! Die Knochen werde ich Ihnen brechen!«

Ich konnte nicht sprechen. Ich war glücklich. Ich nahm das in mich auf wie das Abendmahl und schloss die Augen. Schweigend bückte ich mich und hielt ihm den Rücken hin. Ich wartete – und durchlebte ein paar herrliche Augenblicke, wie sie nur dem gegeben sein können, der nur noch wenige Tage vor sich hat. Als ich mich wieder aufrichtete, ging er rasch davon, mit klackendem Stock. Mit übervollem Herzen, in einer Stimmung von Gnade und Segen ging ich durch die leeren Straßen nach Hause. Zu wenig – dachte ich – zu wenig! Alles zu wenig! Noch – noch mehr!

Und Zerknirschung mischte sich in meine Dankbarkeit. In der Tat! Sie hatte meinen Brief für eine jämmerliche Phrase gehalten, für einen dummen Streich, und hatte ihn dem Rechtsanwalt gezeigt. Anstatt zu helfen – hatte ich geschadet, und alles darum, weil ich zu bequem, zu träge war, zu wenig von mir selber hergab – zu wenig Ernst und Verantwortung – ich verstand es nicht, Begreifen zu inspirieren.

»Madame!

Um Ihnen bewusst zu machen, um an Ihr Gewissen zu rühren, erkläre ich, dass ich von heute an verschiedene Selbstqualen anwenden werde (Fasten etc.), solange das nicht eingetreten ist. Sie sind unverschämt! Welche Worte soll ich gebrauchen, um Ihnen die Notwendigkeit, die verdammte Pflicht und Schuldigkeit begreiflich zu machen? Wird das noch lange dauern? Was soll das heißen, dieser Widerstand? Woher dieser Stolz?!«

Und tags darauf, da mir diese wichtige Einzelheit einfiel, schrieb ich:

»*Als Parfum nur ›Violette‹. Er liebt das.*«

Von da an hörte der Rechtsanwalt auf, die Frau Doktor zu besuchen. Mich wurmte das, ich konnte nachts nicht schlafen. Ich bin nicht naiv. Ich weiß in vielen Dingen Bescheid, was mir niemand anmerken würde – ich weiß zum Beispiel, welchen Eindruck ein solcher Brief auf eine Dame von Welt ausüben kann, wie es die Frau Doktor war. Ich kann sogar in den höchsten Momenten der Begeisterung mir still ins Fäustchen lachen – doch was konnte mir das schon helfen? War dadurch mein Leiden etwa weniger empfindlich und die Qualen, die ich mir antat, weniger schmerzlich? Meine Empörung weniger wesentlich? Die Verehrung für den Rechtsanwalt weniger wahrhaftig? O nein! Was ist wesentlich? Das Leben, die Gesundheit? Also ich schwöre, dass ich ebenso, mir still ins Fäustchen lachend, mein Leben und meine Gesundheit hingeben würde dafür, dass sie ... dass sie Genugtuung geben würde. Aber vielleicht hatte diese Frau ethische Skrupel? Was ist dumme Ethik einem Rechtsanwalt Landt gegenüber? Auf alle Fälle beschloss ich, sie auch in dieser Hinsicht zu beruhigen!

»*Sie müssen! Der Herr Doktor – das ist eine Null, Luft.*«

Doch bei ihr war das nicht Ethik, das war einfach Stolz, oder schließlich Faxen eines Weibchens und Mangel an Verständnis für die heiligen elementaren Dinge. Ich ging vor ihren Fenstern auf und ab – was tat sich dort hinter der herabgelassenen Gardine (denn sie pflegte spät aufzustehen), in welchem Stadium befand sie sich? Frauen sind allzu oberflächlich! Ich versuchte es mit Magnetismus: Du musst, du musst – wiederholte ich ein ums andere Mal, ins Fenster schauend – heute noch, heut Abend noch, wenn der Gatte nicht zu Hause ist. – Da, plötzlich erinnerte ich mich, dass mich der Rechtsanwalt ja verprügeln wollte, und wenn er das damals auf der Straße nicht getan hatte – so vielleicht aus Zeitmangel?

Ich lasse also alles fahren und eile zum Gericht, aus dem er, wie ich weiß, jeden Augenblick kommen wird. Tatsächlich kommt er nach ein paar Minuten mit zwei Herren, und da trete ich heran und halte schweigend den Rücken hin.

Über mir hängt das Staunen der beiden Herren, doch das kümmert mich nicht – und wenn's die ganze Welt wäre! Ich kneife die Augen zu, krümme die Schultern und warte vertrauensvoll – doch nichts geschieht. Endlich stammle ich zu den Gehsteigplatten hinunter: »Vielleicht jetzt? Immer, immer, immer ...«

»Das ist irgendein Idiot«, ertönt über mir seine Stimme. »Was für eine Zerstreutheit! Ich habe vergessen, dass ich eine Konferenz habe! Wir werden ein andermal darüber sprechen, auf Wiedersehen, meine Herren. Hier hast du ein paar Groschen, mein Armer. Meine Hochachtung!«

Und eilig stieg er in ein Taxi. Ach, diese Taxis! Einer der Herren langte in die Tasche. Ich hielt ihn mit einer Handbewegung auf. »Ich bin weder ein Bettler noch ein Idiot. Ich habe meine Würde – und Almosen nehme ich nur vom Herrn Rechtsanwalt Landt entgegen.«

Ich fasste den Plan einer Hypnose, einer dauernden, konsequenten Pression mithilfe von tausenderlei kleinen Tatsachen, mystischen Hinweisen, die, ohne ins Bewusstsein zu dringen, einen unterbewussten Zustand von Notwendigkeit erzeugen würden. Mit Kreide zeichnete ich an die Wand des Hauses, in welchem sie wohnte, einen Pfeil und ein großes L. Ich werde nicht alle meine mehr oder weniger geschickten Intrigen erwähnen; sie wurde in ein Netz sonderbarer Geschehnisse verwickelt. Die Angestellte eines Modegeschäfts sprach sie wie aus Versehen mit Frau Rechtsanwalt an! Der Portier, dem sie auf der Treppe begegnete, sagte, der Herr Oberrichter Landt habe mehrmals nachgefragt, ob der Schirm abgeschickt worden sei. Oberrichter – Rechtsanwalt, man muss vorsichtig sein, steter Tropfen höhlt den Stein. Es war unbekannt, durch welches Wunder sie aus der Stadt an ihrem Kleid den Duft des Rechtsanwalts mitbrachte, seinen belebenden Duft nach Veilchenseife und Eau de Cologne. Oder zum Beispiel solch ein Vorfall: Spät in der Nacht läutet das Telefon – sie fährt aus dem Schlaf, läuft hin und hört eine unbekannte, befehlende Stimme: »Sofort!« – und weiter nichts. Oder ein in die Türspalte geklemmter Zettel und darauf – nichts als ein Bruchstück eines Verses: »Kennst du das Landt, wo die Zitronen blühn?«

Doch allmählich verlor ich die Hoffnung. Der Rechtsanwalt hörte auf, sie zu besuchen – es schien, als wären meine Mühen vergebens. Ich sah bereits den Moment der endgültigen Kapitulation kommen und hatte Angst; ich fühlte, dass ich mich nicht damit würde abfinden können. Eine Beleidigung des Rechtsanwalts in diesem Punkte wäre etwas, was ich nicht ertragen könnte, auch wenn er es sich nicht zu Herzen nehmen würde. Das wäre für mich die endgültige Missachtung, eine Kränkung und Schande. Die endgültige – ja, die endgültige, ich habe mich gut ausgedrückt. Ich konnte nicht an sie glauben, zitterte aber vor dem unvermeidlichen, nahenden Ende.

Und wirklich ... Es gibt doch eine Gnade! Und ach, wie waren sie durchtrieben – und dennoch nehme ich es dem Rechtsanwalt übel, warum er das so in sich verbarg – wusste er denn nicht, dass ich litt? Eine Zufall? O nein, das war kein Zufall, eher war es Herz! Ich kehrte abends durch die Alleen nach Hause zurück – da bewog mich etwas, in den Park zu gehen. Eigentlich hätte ich zeitiger zu Bett gehen sollen, denn morgen in aller Frühe musste ich an der Tür des Rechtsanwalts ein vergoldetes Metallschildchen anbringen, mit der Aufschrift RECHTSANWALT LANDT, doch etwas bewog mich: in den Park. Ich ging hinein – und ganz am Ende, hinter dem Teich, erblickte ich ... ach, ach! erblickte ich ihren großen Hut und seine Melone. Oh, ihr Früchtchen, ihr verflixten Schlingel, ihr Schelme! Während ich mich also quälte, trafen sie sich im Geheimen vor mir – wie geschickt! Sie müssen Taxis benützt haben! – Sie bogen in einen Seitenweg ein und setzten sich auf ein Bänkchen. Ich legte mich in den Sträuchern auf die Lauer. Ich erwartete nichts, ich dachte an nichts – ich wollte von nichts wissen, ich krümmte mich nur unter dem Strauch zusammen und zählte rasch die Blätter, ohne jede Überlegung, als wenn es mich gar nicht gäbe.

Und plötzlich – umarmte sie der Rechtsanwalt, drückte sie an sich und flüsterte:

»Hier – hier ist Natur ... Hörst du? Eine Nachtigall. Jetzt, rasch – solang sie singt ... Zum Refrain, im Takte des Nachtigallenschlags ... Ich bitte!«

Und dann ... ach, das war kosmisch, ich hielt es nicht aus – als ob alle Mächte der Welt sich in mir in einem heiligen Wahnsinn zusammengeballt hätten, als ob ein ungeheurer Stoß, ein elektrischer

Stoß, ein Rückenmarksstoß, ein Opferstoß mich entsetzlich erschütterte – ich sprang auf und schrie aus vollem Halse über den ganzen Park hin:

»Rechtsanwalt Landt hat sie …! Rechtsanwalt Landt hat sie …! Rechtsanwalt Landt hat sie …!«

Ein Tumult entstand. Jemand rannte, jemand lief davon, Menschen kamen plötzlich von allen Seiten – und mich erwischte es, einmal, zweimal, dreimal, es warf mich zu Boden, und dann tanzte ich wie noch nie, mit Schaum vor dem Munde, in Zuckungen und Konvulsionen – einen bacchischen Tanz. Was danach geschehen ist, weiß ich nicht mehr. Erwacht bin ich im Spital.

Mir geht es immer schlechter. Die letzten Erlebnisse haben mich erschöpft. Rechtsanwalt Landt verreist morgen heimlich (doch ich weiß es) nach einer kleinen Gebirgsortschaft in den Ostkarpaten. Er will auf einige Wochen in den Bergen verschwinden und meint, ich werde vielleicht vergessen. Ihm nach! Ja, ihm nach! Überallhin diesem meinem Leitstern nach! Doch die Frage ist, ob ich lebend von dieser Reise zurückkommen werde, diese Erschütterungen sind allzu stark. Ich kann plötzlich auf der Straße sterben, an einem Zaun, und dann – soll man ein Kärtchen schreiben – mein Leichnam möge an den Rechtsanwalt Landt geschickt werden.

Saki

Die offene Tür

»Meine Tante wird gleich herunterkommen, Mr Nuttel«, sagte eine überaus selbstsichere junge Dame von fünfzehn Jahren, »bis dahin werden Sie mit mir vorliebnehmen müssen.«

Framton Nuttel mühte sich, die rechten Worte zu finden, die der anwesenden Nichte gebührend schmeicheln sollten, ohne die avisierte Tante ungebührlich hintanzusetzen. Insgeheim zweifelte er mehr denn je, ob diese Folge förmlicher Besuche bei vollkommen Fremden viel zu der Kur würde beitragen können, die er seinen Nerven gönnen sollte.

»Ich weiß doch, wie das ausgeht«, hatte seine Schwester gesagt, als er sich für die Reise zu seiner ländlichen Zuflucht rüstete; »du wirst dich da unten vergraben und mit keiner Menschenseele reden, und vor lauter Trübsinn wird es um deine Nerven schlechter bestellt sein als je zuvor. Ich werde dir Empfehlungsschreiben für all die Leute, die ich dort kenne, mitgeben. Soweit ich mich erinnere, waren einige recht nett.«

Framton fragte sich, ob Mrs Sappleton, die Dame, der er eines dieser Schreiben überreichen wollte, zu der netten Sorte gehörte.

»Kennen Sie viele Leute hier in der Gegend?«, fragte die Nichte, als sie befand, dass sie einander hinreichend angeschwiegen hätten.

»So gut wie niemanden«, sagte Framton. »Meine Schwester hat vor ungefähr vier Jahren einmal hier gewohnt, im Pfarrhaus, wissen Sie, und sie hat mir Empfehlungen an einige ihrer früheren Bekannten hier mitgegeben.«

Aus seiner letzten Bemerkung war deutliches Bedauern herauszuhören.

»Dann wissen Sie also rein gar nichts über meine Tante?«, fuhr die selbstsichere junge Dame fort.

»Nur den Namen und ihre Anschrift«, räumte der Besucher ein. Er fragte sich, ob Mrs Sappleton wohl verheiratet oder verwitwet sei. Irgendetwas in diesem Raum schien auf männliche Präsenz hinzudeuten.

»Ihre große Tragödie ereignete sich vor genau drei Jahren«, sagte das Mädchen, »das muss also nach der Zeit gewesen sein, als Ihre Schwester hier war.«

»Ihre Tragödie?«, fragte Framton; in dieser geruhsamen ländlichen Umgebung schienen Tragödien irgendwie fehl am Platz.

»Sie werden sich bestimmt schon gefragt haben,

warum wir diese Tür an einem Oktobernachmittag weit offen lassen«, sagte die Nichte und wies auf eine breite Flügeltür, die auf den Rasen hinausführte.

»Es ist noch recht warm für die Jahreszeit«, sagte Framton. »Oder hat diese Tür etwas mit der Tragödie zu tun?«

»Durch diese Tür, auf den Tag genau vor drei Jahren, waren ihr Mann und ihre beiden jüngeren Brüder hinausgegangen auf die Jagd. Sie kehrten nie zurück. Auf dem Weg durch das Moor zu der von ihnen bevorzugten Stelle für die Schnepfenjagd versanken sie alle drei in einem tückischen Morast. Das war nach diesem furchtbar verregneten Sommer, Sie erinnern sich gewiss, und mancher Pfad, der in früheren Jahren sicher war, gab urplötzlich unter den Füßen nach. Ihre Leichen wurden nie gefunden. Das war das Schrecklichste daran.« Bei diesen Worten stockte die eben noch so selbstsichere Stimme des Mädchens und drohte zu versagen. »Meine arme Tante glaubt noch immer, dass sie eines Tages wiederkommen werden, sie und der kleine braune Spaniel, der mit ihnen verschollen ist, und dass sie dann durch diese Tür hereinkommen, so wie immer. Deshalb bleibt die Tür allabendlich offen, bis es ganz dunkel geworden ist. Arme, liebe Tante – sie hat mir oft erzählt, wie sie loszogen, ihr Mann mit dem weißen Regenmantel über dem Arm, und Ronnie, ihr jüngster Bruder, mit dem Liedchen ›Bertie, sag, was hopst du so?‹ auf den Lippen, wie immer, wenn er sie aufziehen wollte, weil ihr das auf die Nerven ging, wie sie sagte. Wissen Sie, an stillen, ruhigen Abenden wie diesem beschleicht mich bisweilen ein gruseliges Gefühl, als könnten sie wirklich jeden Augenblick dort zur Tür hereinkommen ...«

Sie hielt mit einem leichten Schauder inne. Framton fühlte sich erleichtert, als die Tante mit einem Schwall von Entschuldigungen, dass sie ihn hatte warten lassen, hereingewirbelt kam.

»Ich nehme an, Vera hat Sie ein wenig unterhalten?«, fragte sie.

»Es war sehr interessant«, sagte Framton.

»Ich hoffe, die offene Tür stört sie nicht«, sagte Mrs. Sappleton lebhaft, »aber mein Mann und meine Brüder müssen jeden Moment von der Jagd heimkehren, und sie kommen immer durch diese Tür herein. Sie waren heute im Moor Schnepfen schießen, und da werden sie wieder einen schönen Dreck auf meinen armen Teppichen hinterlassen. Aber so sind die Männer nun einmal, stimmt's?«

Sie plauderte munter weiter, über die Jagd und darüber, dass es immer weniger Vögel zu schießen gebe und wie die Aussichten für die Entenjagd im kommenden Winter stünden. Für Framton war dies alles schlicht grauenhaft. Er unternahm einen verzweifelten, aber nur mäßig erfolgreichen Versuch, das Gespräch auf ein weniger gespenstisches Thema zu bringen; ihm blieb nicht verborgen, dass seine Gastgeberin ihm nur einen Bruchteil ihrer Aufmerksamkeit widmete und ihr Blick beständig an ihm vorbei zu der offenen Tür und dem Rasen dahinter wanderte. Es war weiß Gott ein unseliger Zufall, dass sein Besuch mit diesem tragischen Jahrestag zusammenfiel.

»Die Ärzte haben mir einhellig vollkommene Ruhe verordnet und mir eingeschärft, jegliche Art seelischer Aufregung oder körperlicher Anstrengung zu meiden«, erklärte Framton, der sich der recht weitverbreiteten Illusion hingab, dass wildfremde Leute und zufällige Bekannte begierig seien, auch die geringsten Einzelheiten seiner Leiden und Gebrechen, ihrer Ursachen und ihrer Behandlung zu erfahren. »Was die richtige Ernährung betrifft, gehen ihre Meinungen schon eher auseinander«, fuhr er fort.

»Ach ja?«, sagte Mrs. Sappelton in einem Ton, der gerade noch zur rechten Zeit ein Gähnen überspielte. Dann hellte sich ihre Miene auf und verriet plötzlich lebhafte Anteilnahme – allerdings nicht an dem, was Framton sagte.

»Da kommen sie ja endlich!«, rief sie. »Gerade rechtzeitig zum Tee; und aussehen tun sie, als wären sie bis über die Ohren voll Schlamm!«

Framton spürte, wie ihn ein leichtes Frösteln überlief, und er wollte der Nichte einen Blick zuwerfen, der mitfühlendes Verständnis ausdrücken sollte. Aber das Mädchen starrte mit blankem Entsetzen durch die offene Tür hinaus. Von einem eisigen Schauder namenloser Furcht gepackt, schwang Framton im Sessel herum und blickte in die gleiche Richtung.

Im Zwielicht des hereinbrechenden Abends schritten drei Gestalten über den Rasen auf die Tür zu; alle drei trugen ein Gewehr unter dem Arm, und einem von ihnen hing außerdem ein weißer Regenmantel um die Schultern. Ein müder brauner Spaniel folgte ihnen dicht auf den Fersen. Geräuschlos näherten sie sich dem Haus, und dann tönte eine raue junge Stimme aus der Dämmerung herüber: »Bertie, sag, was hopst du so?«

Hastig schnappte Framton Stock und Hut; die Dielentür, der Kiesweg und das Eingangstor waren schemenhaft wahrgenommene Etappen einer kopflosen Flucht. Ein Radfahrer, der die Straße entlangkam, musste in die Hecke ausweichen, um einen Zusammenstoß zu vermeiden.

»Da wären wir, Liebes«, sagte der Mann im weißen Regenmantel und kam zur Tür herein. »Reichlich verdreckt, aber das meiste ist schon trocken. Wer war denn das, der da Hals über Kopf davonstürzte, als wir kamen?«

»Ein äußerst eigenartiger Mensch, ein Mr. Nuttel«, sagte Mrs. Sappleton. »Konnte von nichts anderem reden als von seinen Krankheiten, und als ihr hereinkamt, rannte er ohne ein Wort des Abschieds oder der Entschuldigung davon. Man könnte meinen, er hätte ein Gespenst gesehen.«

»Ich nehme an, es war der Spaniel«, sagte die Nichte leichthin. »Er hat mir nämlich erzählt, dass er panische Angst vor Hunden habe. Er war in Indien einmal von einer Meute streunender Pariahunde auf einen Friedhof gehetzt worden und musste die Nacht in einem frisch ausgehobenen Grab zubringen, während die Bestien nur eine Handbreit über ihm zähnefletschend knurrten und geiferten. Das kann jeden um den Verstand bringen.«

Phantastische Geschichten aus dem Stegreif waren ihre Spezialität.

Oscar Wilde

Das Gespenst von Canterville

I

Als Mr Hiram B. Otis, der amerikanische Gesandte, Schloss Canterville kaufte, sagte ihm ein jeder, dass er sehr töricht daran täte, da dieses Schloss ohne Zweifel verwünscht sei. Sogar Lord Canterville selbst, ein Mann von peinlichster Ehrlichkeit, hatte es als seine Pflicht betrachtet, diese Tatsache Mr Otis mitzuteilen, bevor sie den Verkauf abschlossen.

»Wir haben selbst nicht in dem Schloss gewohnt«, sagte Lord Canterville, »seit meine Großtante, die Herzoginmutter von Bolton, einst vor Schreck in Krämpfe verfiel, von denen sie sich nie wieder erholte, weil ein Skelett seine beiden Hände ihr auf die Schultern legte, als sie gerade beim Ankleiden war. Ich fühle mich verpflichtet, es Ihnen zu sagen, Mr Otis, dass der Geist noch jetzt von verschiedenen Mitgliedern der Familie Canterville gesehen worden ist sowie auch vom Geistlichen unserer Gemeinde,

Hochwürden Augustus Dampier, der in King's College, Cambridge, den Doktor gemacht hat. Nach dem Malheur mit der Herzogin wollte keiner unserer Dienstboten mehr bei uns bleiben, und Lady Canterville konnte seitdem des Nachts häufig nicht mehr schlafen vor lauter unheimlichen Geräuschen, die vom Korridor und von der Bibliothek herkamen.«

»Mylord«, antwortete der Gesandte, »ich will die ganze Einrichtung und den Geist dazu kaufen. Ich komme aus einem modernen Lande, wo wir alles haben, was mit Geld zu bezahlen ist; und ich meine, mit all unsern smarten jungen Leuten, die Ihnen Ihre besten Tenöre und Primadonnen abspenstig machen, dass, gäbe es wirklich noch so etwas wie ein Gespenst in Europa, wir dieses in allerkürzester Zeit drüben haben würden, entweder bei Barnum oder auf dem Jahrmarkt.«

»Ich fürchte, das Gespenst existiert wirklich«, sagte Lord Canterville lächelnd, »wenn es auch bis jetzt Ihren Impresarios gegenüber sich ablehnend verhalten hat. Seit drei Jahrhunderten ist es wohlbekannt, genau gesprochen seit 1584, und es erscheint regelmäßig, kurz bevor ein Glied unserer Familie stirbt.«

»Nun, was das anbetrifft, das macht der Hausarzt gerade so, Lord Canterville. Aber es gibt ja doch gar keine Gespenster, und ich meine, dass die Gesetze der Natur sich nicht der britischen Aristokratie zuliebe aufheben lassen.«

»Sie sind jedenfalls sehr aufgeklärt in Amerika«, antwortete Lord Canterville, der Mr Otis' letzte Bemerkung nicht ganz verstanden hatte, »und wenn das Gespenst im Haus Sie nicht weiter stört, so ist ja alles in Ordnung. Sie sollen nur nicht vergessen, dass ich Sie gewarnt habe.«

Wenige Wochen später war der Kauf abgeschlossen, und gegen Ende der Saison bezog der Gesandte mit seiner Familie Schloss Canterville. Mrs Otis, die als Miss Lucretia R. Tappan, W. 53. Straße, New York, für eine große Schönheit gegolten hatte, war jetzt eine sehr hübsche Frau in mittleren Jahren, mit schönen Augen und einem tadellosen Profil. Viele Amerikanerinnen, die ihre Heimat verlassen, nehmen mit der Zeit das Gebaren einer chronischen Kränklichkeit an, da sie dies für ein Zeichen europäischer Kultur ansehen, aber Mrs Otis war nie in diesen Irrtum verfallen. Sie besaß eine vortreffliche Konstitution und einen hervorragenden Unternehmungsgeist. So war sie wirklich in vieler Hinsicht völlig englisch und ein vorzügliches Beispiel für die Tatsache, dass wir heutzutage alles mit Amerika gemein haben, ausgenommen natürlich die Sprache. Ihr ältester Sohn, den die Eltern in einem heftigen Anfall von Patriotismus Washington genannt hatten, was er zeit seines Lebens beklagte, war ein blonder, hübscher junger Mann, der sich dadurch für den diplomatischen Dienst geeignet gezeigt hatte, dass er im Newport Casino während dreier Winter die Françaises kommandierte und sogar in London als vorzüglicher Tänzer galt. Gardenien und der Gotha waren seine einzigen Schwächen. Im Übrigen war er außerordentlich vernünftig. Miss Virginia E. Otis war ein kleines Fräulein von fünfzehn Jahren, graziös und lieblich wie ein junges Reh und mit schönen, klaren blauen Augen. Sie saß brillant zu Pferde und hatte einmal auf ihrem Pony mit dem alten Lord Bilton ein Wettrennen um den Park veranstaltet, wobei sie mit anderthalb Pferdelängen Siegerin geblieben war, gerade vor der Achillesstatue, zum ganz besonderen Entzücken des jungen Herzogs von Cheshire, der sofort um ihre Hand anhielt und noch denselben Abend unter Strömen von Tränen nach Eton in seine Schule zurückgeschickt wurde. Nach Virginia kamen die Zwillinge, entzückende Buben, die in der Familie, mit Ausnahme des Herrn vom Haus natürlich, die einzigen wirklichen Republikaner waren.

Da Schloss Canterville acht Meilen von der nächsten Eisenbahnstation, Ascot, entfernt liegt, hatte Mr Otis den Wagen bestellt, sie da abzuholen, und die Familie befand sich in der heitersten Stimmung. Es war ein herrlicher Juliabend, und die Luft war voll vom frischen Duft der nahen Tannenwälder. Ab und zu ließ sich die süße Stimme der Holztaube in der Ferne hören, und ein buntglänzender Fasan raschelte durch die hohen Farnkräuter am Weg. Eichhörnchen blickten den Amerikanern von den hohen Buchen neugierig nach, als sie vorbeifuhren, und die wilden Kaninchen ergriffen die Flucht und schossen durch das Unterholz und die moosigen Hügelchen dahin, die weißen Schwänzchen hoch in der Luft. Als man in den Park von Schloss Canterville einbog, bedeckte sich der Himmel plötzlich mit dunklen Wolken; die Luft schien gleichsam stillzustehen; ein großer Schwarm Krähen flog lautlos über ihren Häuptern dahin, und ehe man noch das Haus erreichte, fiel der Regen in dicken, schweren Tropfen.

Auf der Freitreppe empfing sie eine alte Frau in schwarzer Seide mit weißer Haube und Schürze: Das war Mrs Umney, die Wirtschafterin, die Mrs Otis auf Lady Cantervilles inständiges Bitten in ihrer bisherigen Stellung behalten wollte. Sie machte jedem einen tiefen Knicks, als sie nacheinander ausstiegen, und sagte in einer eigentümlich altmodischen Art: »Ich heiße Sie auf Schloss Canterville willkommen.« Man folgte ihr ins Haus, durch die schöne alte Tudorhalle in die Bibliothek, ein langes, niedriges Zimmer mit Täfelung von schwarzem Eichenholz und einem großen bunten Glasfenster. Hier war der Tee für die

Herrschaften gerichtet; und nachdem sie sich ihrer Mäntel entledigt, setzten sie sich und sahen sich um, während Mrs Umney sie bediente.

Da bemerkte Mrs Otis plötzlich einen großen roten Fleck auf dem Fußboden, gerade vor dem Kamin, und in völliger Unkenntnis von dessen Bedeutung sagte sie zu Mrs Umney: »Ich fürchte, da hat man aus Unvorsichtigkeit etwas verschüttet.«

»Ja, gnädige Frau«, erwiderte die alte Haushälterin leise, »auf jenem Fleck ist Blut geflossen.«

»Wie grässlich!«, rief Mrs Otis. »Ich liebe durchaus nicht Blutflecke in einem Wohnzimmer. Er muss sofort entfernt werden.«

Die alte Frau lächelte und erwiderte mit derselben leisen, geheimnisvollen Stimme: »Es ist das Blut von Lady Eleanore de Canterville, welche hier auf dieser Stelle von ihrem eigenen Gemahl, Sir Simon de Canterville, im Jahre 1575 ermordet wurde. Sir Simon überlebte sie um neun Jahre und verschwand dann plötzlich unter ganz geheimnisvollen Umständen. Sein Leichnam ist nie gefunden worden, aber sein schuldbeladener Geist geht noch jetzt hier im Schloss um. Der Blutfleck wurde schon oft von Reisenden bewundert und kann durch nichts entfernt werden.«

»Das ist alles Humbug«, rief Washington Otis, »Pinkertons Universal-Fleckenreiniger wird ihn im Nu beseitigen«, und ehe noch die erschrockene

Haushälterin ihn davon zurückhalten konnte, lag er schon auf den Knien und scheuerte die Stelle am Boden mit einem kleinen Stumpf von etwas, das schwarzer Bartwichse ähnlich sah. In wenigen Augenblicken war keine Spur mehr von dem Blutfleck zu sehen.

»Na, ich wusste ja, dass Pinkerton das machen würde«, rief er triumphierend, während er sich zu seiner bewundernden Familie wandte; aber kaum hatte er diese Worte gesagt, da erleuchtete ein greller Blitz das düstere Zimmer, und ein tosender Donnerschlag ließ sie alle in die Höhe fahren, während Mrs Umney in Ohnmacht fiel.

»Was für ein schauderhaftes Klima!«, sagte der amerikanische Gesandte ruhig, während er sich eine neue Zigarette ansteckte. »Wahrscheinlich ist dieses alte Land so übervölkert, dass sie nicht mehr genug anständiges Wetter für jeden haben. Meiner Ansicht nach ist Auswanderung das einzig Richtige für England.«

»Mein lieber Hiram«, sprach Mrs Otis, »was sollen wir bloß mit einer Frau anfangen, die ohnmächtig wird?«

»Rechne es ihr an, als ob sie etwas zerschlagen hätte, dann wird es nicht wieder vorkommen«, sagte der Gesandte, und in der Tat, schon nach wenigen Augenblicken kam Mrs Umney wieder zu sich. Aber es war kein Zweifel, dass sie sehr aufgeregt war, und sie warnte Mr Otis, es stände seinem Haus ein Unglück bevor.

»Ich habe mit meinen eigenen Augen Dinge gesehen, Herr«, sagte sie, »dass jedem Christenmenschen die Haare davon zu Berge stehen würden, und manche Nacht habe ich kein Auge zugetan aus Furcht vor dem Schrecklichen, das hier geschehen ist.«

Jedoch Herr und Frau Otis beruhigten die ehrliche Seele, erklärten, dass sie sich nicht vor Gespenstern fürchteten, und nachdem die alte Haushälterin noch den Segen der Vorsehung auf ihre neue Herrschaft herabgefleht und um Erhöhung ihres Gehaltes gebeten hatte, schlich sie zitternd auf ihre Stube.

II

Der Sturm wütete die ganze Nacht hindurch, aber sonst ereignete sich nichts von besonderer Bedeutung. Am nächsten Morgen jedoch, als die Familie zum Frühstück herunterkam, fanden sie den fürchterlichen Blutfleck wieder unverändert auf dem Fußboden.

»Ich glaube nicht, dass die Schuld hiervon am Pinkerton-Fleckenreiniger liegt«, erklärte Washington, »denn den habe ich immer mit Erfolg angewendet – es muss also das Gespenst sein.«

Er rieb nun zum zweiten Mal den Fleck weg, aber am nächsten Morgen war er gleichwohl wieder da. Ebenso am dritten Morgen, trotzdem Mr Otis selbst die Bibliothek am Abend vorher zugeschlossen und den Schlüssel in die Tasche gesteckt hatte. Jetzt interessierte sich die ganze Familie für die Sache. Mr Otis fing an zu glauben, dass es doch allzu skeptisch von ihm gewesen sei, die Existenz aller Gespenster zu leugnen. Mrs Otis sprach die Absicht aus, der Psychologischen Gesellschaft beizutreten, und Washington schrieb einen langen Brief an die Herren Myers & Podmore über die Unvertilgbarkeit blutiger Flecken im Zusammenhang mit Verbrechen. In der darauffolgenden Nacht nun wurde jeder Zweifel an der Existenz von Gespenstern für immer endgültig beseitigt.

Den Tag über war es heiß und sonnig gewesen, und in der Kühle des Abends fuhr die Familie spazieren. Man kehrte erst gegen neun Uhr zurück, worauf das Abendessen eingenommen wurde. Die Unterhaltung berührte in keiner Weise Gespenster, es war also nicht einmal die Grundbedingung jener erwartungsvollen Aufnahmefähigkeit gegeben, welche so oft dem Erscheinen solcher Phänomene vorangeht. Die Gesprächsthemen waren, wie mir Mrs Otis seitdem mitgeteilt hat, lediglich solche, wie sie unter gebildeten Amerikanern der besseren Klasse üblich sind, wie z.B. die ungeheure

Überlegenheit von Miss Fanny Davenport über Sarah Bernhard als Schauspielerin; die Schwierigkeit, Grünkern- und Buchweizenkuchen selbst in den besten englischen Häusern zu bekommen; die hohe Bedeutung von Boston in Hinsicht auf die Entwicklung der Weltseele; die Vorzüge des Freigepäcksystems beim Eisenbahnfahren; und die angenehme Weichheit des New Yorker Akzents im Gegensatz zum schleppenden Londoner Dialekt. In keiner Weise wurde weder das Übernatürliche berührt noch von Sir Simon de Canterville gesprochen. Um elf Uhr trennte man sich, und eine halbe Stunde darauf war bereits alles dunkel. Da plötzlich wachte Mr Otis von einem Geräusch auf dem Korridor vor seiner Tür auf. Es klang wie Rasseln von Metall und schien mit jedem Augenblick näher zu kommen. Der Gesandte stand sofort auf, zündete Licht an und sah nach der Uhr. Es war Punkt eins. Er war ganz ruhig und fühlte sich den Puls, der nicht im Geringsten fieberhaft war. Das sonderbare Geräusch dauerte fort, und er hörte deutlich Schritte. Er zog die Pantoffeln an, nahm eine längliche Phiole von seinem Toilettentisch und öffnete die Tür. Da sah er, sich direkt gegenüber, im blassen Schein des Mondes, einen alten Mann von ganz gräulichem Aussehen stehen. Des Alten Augen waren rot wie brennende Kohlen; langes graues Haar fiel in wirren Locken über seine Schultern; seine Kleidung von altmodischem Schnitt war beschmutzt und zerrissen, und schwere rostige Fesseln hingen ihm an Füßen und Händen.

»Mein lieber Herr«, sagte Mr Otis, »ich muss Sie schon bitten, Ihre Ketten etwas zu schmieren, und ich habe Ihnen zu dem Zweck hier eine kleine Flasche von Tammanys *Rising Sun*-Lubricator mitgebracht. Man sagt, dass schon ein einmaliger Gebrauch genügt, und auf der Enveloppe finden Sie die glänzendsten Atteste hierüber von unsern hervorragendsten einheimischen Geistlichen. Ich werde es Ihnen hier neben das Licht stellen und bin mit Vergnügen bereit, Ihnen auf Wunsch mehr davon zu besorgen.«

Mit diesen Worten stellte der Gesandte der Unionstaaten das Fläschchen auf einen Marmortisch, schloss die Tür und legte sich wieder zu Bett.

Für einen Augenblick war das Gespenst von Canterville ganz starr vor Entrüstung; dann schleuderte es die Flasche wütend auf den Boden und floh den Korridor hinab, indem es ein dumpfes Stöhnen ausstieß und ein gespenstisch grünes Licht um sich verbreitete. Als es gerade die große eichene Treppe erreichte, öffnete sich eine Tür, zwei kleine weißgekleidete Gestalten erschienen, und ein großes Kissen sauste an seinem Kopf vorbei. Da war augenscheinlich keine Zeit zu verlieren, und indem es hastig die vierte Dimension als Mittel zur

Flucht benutzte, verschwand es durch die Täfelung, worauf das Haus ruhig wurde.

Als das Gespenst ein kleines geheimes Zimmer im linken Schlossflügel erreicht hatte, lehnte es sich erschöpft gegen einen Mondstrahl, um erst wieder zu Atem zu kommen, und versuchte sich seine Lage klarzumachen. Niemals war es in seiner glänzenden und ununterbrochenen Laufbahn von dreihundert Jahren so gröblich beleidigt worden. Es dachte an die Herzoginmutter, die bei seinem Anblick Krämpfe bekommen hatte, als sie in ihren Spitzen und Diamanten vor dem Spiegel stand; an die vier Hausmädchen, die hysterisch wurden, als es sie bloß durch die Vorhänge eines der unbewohnten Schlafzimmer hindurch anlächelte; an den Pfarrer der Gemeinde, dessen Licht es eines Nachts ausgeblasen, als derselbe einmal spät aus der Bibliothek kam, und der seitdem beständig bei Sir William Gull, geplagt von Nervenstörungen, in Behandlung war; an die alte Madame du Tremoullac, die, als sie eines Morgens früh aufwachte und in ihrem Lehnstuhl am Kamin ein Skelett sitzen sah, das ihr Tagebuch las, darauf sechs Wochen fest im Bett lag an der Gehirnentzündung und nach ihrer Genesung eine treue Anhängerin der Kirche wurde und jede Verbindung mit dem bekannten Freigeist Monsieur de Voltaire abbrach.

Es erinnerte sich der entsetzlichen Nacht, als der

böse Lord Canterville in seinem Ankleidezimmer halb erstickt gefunden wurde mit dem Karobuben im Hals und gerade noch, ehe er starb, beichtete, dass er Charles James Fox vermittelst dieser Karte bei Crockfords um 50000 Pfund Sterling betrogen hatte und dass ihm nun das Gespenst die Karte in den Hals gesteckt habe.

Alle seine großen Taten kamen ihm ins Gedächtnis zurück, von dem Kammerdiener an, der sich in der Kirche erschoss, weil er eine grüne Hand hatte an die Scheiben klopfen sehen, bis zu der schönen Lady Stutfield, die immer ein schwarzes Samtband um den Hals tragen musste, damit die Spur von fünf in ihre weiße Haut eingebrannten Fingern verdeckt wurde, und die sich schließlich in dem Karpfenteich am Ende der Königspromenade ertränkte. Mit dem begeisterten Egoismus des echten Künstlers versetzte es sich im Geiste wieder in seine hervorragendsten Rollen und lächelte bitter, als es an sein letztes Auftreten als »Roter Ruben oder das erwürgte Kind« dachte, oder sein Debüt als »Riese Gibeon, der Blutsauger von Bexley Moor«, und das Furore, das es eines schönen Juliabends gemacht hatte, als es ganz einfach auf dem Tennisplatz mit seinen eigenen Knochen Kegel spielte. Und nach alledem kommen solche elenden modernen Amerikaner, bieten ihm *Rising Sun*-Öl an und werfen ihm Kissen an den Kopf! Es war nicht auszuhalten. So war noch niemals in der Weltgeschichte ein Gespenst behandelt worden. Es schwor demgemäß Rache und blieb bis Tagesanbruch in tiefe Gedanken versunken.

III

Als am nächsten Morgen die Familie Otis zum Frühstück zusammenkam, wurde das Gespenst natürlich des Längeren besprochen. Der Gesandte der Unionstaaten war selbstverständlich etwas ungehalten, dass sein Geschenk so missachtet worden war.

»Ich habe durchaus nicht die Absicht«, erklärte er, »dem Geist irgendeine persönliche Beleidigung zuzufügen, und ich muss sagen, dass es aus Rücksicht auf die lange Zeit, die er nun schon hier im Haus wohnt, nicht höflich ist, ihn mit Kissen zu bewerfen« – eine sehr wohlangebrachte Bemerkung, bei welcher, wie ich leider gestehen muss, die Zwillinge in ein lautes Gelächter ausbrachen. »Andererseits«, fuhr Mr Otis fort, »wenn er wirklich und durchaus den *Rising Sun*-Lubricator nicht benutzen will, so werden wir ihm seine Ketten fortnehmen müssen; bei dem Lärm auf dem Korridor kann man ganz unmöglich schlafen.«

Die Schlossbewohner blieben jedoch die ganze Woche hindurch ungestört, und das Einzige, was ihre Aufmerksamkeit erregte, war die beständige Erneuerung des Blutflecks auf dem Boden der Bibliothek. Das war jedenfalls sehr sonderbar, da die Tür und das Fenster des Nachts immer fest verschlossen und verriegelt waren. Auch die wechselnde Farbe des Flecks rief die verschiedensten Vermutungen hervor. Denn zuweilen war er ganz mattrot, dann wieder leuchtend oder auch tiefes Purpur, und als einmal die Familie zur Vesper herunterkam, fand sie ihn hell smaragdgrün! Diese koloristischen Metamorphosen amüsierten natürlich die Gesellschaft sehr, und jeden Abend wurden schon Wetten darüber geschlossen. Die Einzige, welche nicht auf diesen und keinen anderen Scherz einging, war die kleine Virginia, die aus irgendeinem unaufgeklärten Grund immer sehr betrübt beim Anblick des Blutflecks war und an dem Morgen, an dem er smaragdgrün leuchtete, bitterlich zu weinen anfing.

Das zweite Auftreten des Gespenstes war am Sonntagabend. Kurz nachdem auch die männlichen Erwachsenen zu Bett gegangen waren, wurden sie plötzlich durch ein furchtbares Getöse in der Eingangshalle aufgeschreckt. Alle stürzten hinunter und fanden dort, dass eine alte Rüstung von ihrem Ständer auf den Steinboden gefallen war, während das Gespenst von Canterville in einem hochlehnigen Armstuhl saß und sich seine Knie mit einer Gebärde verzweifelten Schmerzes rieb. Die Zwillinge hatten ihre Flitzbogen mitgebracht und schossen zweimal nach ihm mit einer Treffsicherheit, die sie sich durch lange sorgfältige Übungen nach ihrem Schreiblehrer erworben hatten. Der Gesandte der Unionstaaten richtete unterdessen seinen Revolver auf den Geist und rief ihm nach kalifornischer Etikette zu: »Hände hoch!«

Der Geist fuhr mit einem wilden Wutgeheul in die Höhe und mitten durch die Familie hin wie ein Rauch, indem er noch Washingtons Kerzenlicht ausblies und sie alle in völliger Dunkelheit zurückließ. Oben an der Treppe erholte sich das Gespenst wieder und beschloss, in sein berühmtes diabolisches Gelächter auszubrechen; das hatte sich ihm bei mehr als einer Gelegenheit schon als nützlich erwiesen. Es soll Lord Rakers Perücke in einer einzigen Nacht gebleicht haben und hat jedenfalls drei der französischen Gouvernanten von Lady Canterville so entsetzt, dass sie vor der Zeit und ohne Kündigung ihre Stellung aufgaben. So lachte es denn also jetzt dieses sein fürchterlichstes Lachen, bis das alte hochgewölbte Dach davon gellte; aber kaum war das letzte grausige Echo verhallt, da öffnete sich eine Tür, und Mrs Otis kam heraus in einem hellblauen Morgenrock.

»Ich fürchte, Ihnen ist nicht ganz wohl«, sagte sie, »und deshalb bringe ich Ihnen hier eine Flasche von Dr. Dobells Tropfen. Wenn es Verdauungsbeschwerden sind, so werden Sie finden, dass sie ein ganz vorzügliches Mittel sind.«

Der Geist betrachtete sie zornrot und wollte sich auf der Stelle in einen großen schwarzen Hund verwandeln, ein Kunststück, wodurch er mit Recht berühmt war und dem der Hausarzt die Geistesgestörtheit von Lord Cantervilles Onkel, Herrn Thomas Horton, zuschrieb. Da hörte er aber Schritte, und das ließ ihn von seinem grausen Vorhaben absehen; er begnügte sich damit, phosphoreszierend zu werden, und verschwand mit einem dumpfen Kirchhofswimmern gerade in dem Moment, als die Zwillinge auf ihn zukamen.

Als der Geist sein Zimmer erreicht hatte, brach er völlig zusammen und verfiel in einen Zustand heftiger Gemütsbewegung. Die Rohheit der Zwillinge und der krasse Materialismus von Mrs Otis waren natürlich außerordentlich verstimmend, aber was ihn am meisten betrübte, war doch, dass er die alte Rüstung nicht mehr hatte tragen können. Er hatte gehofft, dass sogar moderne Amerikaner erschüttert sein würden beim Anblick eines Gespenstes in Waffenrüstung, wenn auch aus keinem andern vernünftigen Grund, so doch aus Achtung vor ihrem Nationalpoeten Longfellow, bei dessen graziöser und anziehender Poesie er selbst so manche Stunde hingebracht hatte, während die Cantervilles in London waren. Und dabei war es noch seine eigene Rüstung! Er hatte sie mit großem Erfolg auf dem Turnier in Kenilworth getragen und darüber von niemand Geringerem als der jungfräulichen Königin selber viel Schmeichelhaftes gesagt bekommen. Und als er die Rüstung heute anlegen wollte, hatte ihn das Gewicht des alten Panzers und Stahlhelmes so erdrückt, dass er darunter zu Boden gestürzt war, sich beide Knie heftig zerschlagen und die rechte Hand verstaucht hatte.

Mehrere Tage lang fühlte er sich nach diesem Vorfall ernstlich krank und verließ sein Zimmer nur, um den Blutfleck in Ordnung zu halten. Da er sich sonst jedoch sehr schonte, erholte er sich bald wieder und beschloss, noch einen dritten Versuch zu machen, den Gesandten und seine Familie in Schrecken zu jagen. Er wählte zu diesem seinem Auftreten Freitag, den 13. August, und beschäftigte sich den ganzen Tag damit, seine Kleidervorräte zu prüfen, bis er schließlich einen großen weichen Hut mit roter Feder, ein Laken mit Rüschen an Hals und Armen und einen rostigen Dolch wählte. Gegen Abend kam ein heftiger Regenschauer, und der Sturm rüttelte gewaltig an allen Türen und Fenstern des alten Hauses. Das war gerade das Wetter, wie er es liebte. Sein Plan war folgender: Er wollte sich ganz leise zu Washingtons Zimmer schleichen, ihm vom Fußende des Bettes aus wirres Zeug vorschwatzen und sich dann beim Klang leiser geisterhafter Musik dreimal den Dolch ins Herz stoßen. Er war auf Washington ganz besonders böse, weil er wusste, dass dieser es war, der immer wieder den Blutfleck mit Pinkertons Fleckenreiniger entfernte. Wenn er dann den frivolen und tollkühnen Jüngling in den namenlosen Schrecken versetzt hatte, so wollte er sich zu dem Schlafzimmer von Herrn und Frau Otis begeben und dort eine eiskalte Hand Mrs Otis auf die Stirn legen, während er ihrem zitternden Mann die entsetzlichen Geheimnisse des Beinhauses ins Ohr zischelte. Was die kleine Virginia anbetraf, so war er über sie noch nicht ganz im Reinen. Sie hatte ihn nie in irgendeiner Weise beleidigt und war hübsch und sanft. Einige tiefe Seufzer aus dem Kleiderschrank würden mehr als genug für sie sein, dachte er, und wenn sie davon noch nicht aufwachte, so könnte er ja mit zitternden Fingern an ihrem Betttuch zerren. In Bezug auf die Zwillinge war er aber fest entschlossen, ihnen eine ordentliche Lektion zu erteilen. Das Erste war natürlich, dass er sich ihnen auf die Brust setzte, um das erstickende Gefühl eines Albdrückens hervorzurufen. Dann würde er, da ihre Betten dicht nebeneinanderstanden, in der Gestalt eines grünen, eiskalten Leichnams zwischen ihnen stehen, bis sie vor Schrecken gelähmt waren, und zum Schluss wollte er mit weißgebleichten Knochen und einem rollenden Augapfel ums Zimmer herumkriechen als »Stummer Daniel oder das Skelett des Selbstmörders«. Diese Rolle hatte bei mehr als einer Gelegenheit den allergrößten Effekt gemacht und schien ihm ebenso gut zu sein wie seine berühmte Darstellung des »Martin, des Verrückten, oder das verhüllte Geheimnis«.

Um halb elf Uhr hörte er die Familie zu Bett gehen. Er wurde noch einige Zeit durch das Lachgebrüll der Zwillinge gestört, die mit der leichtfertigen Heiterkeit von Schuljungen sich augenscheinlich herrlich amüsierten, ehe sie zu Bett gingen; aber um ein Viertel zwölf Uhr war alles still, und als es Mitternacht schlug, machte er sich auf den Weg. Die Eule schlug mit den Flügeln gegen die Fensterscheiben, der Rabe krächzte von dem alten Eichbaum, und der Wind ächzte durch das Haus wie eine verlorene Seele, aber die Familie Otis schlief, unbekümmert um das nahende Verhängnis, und durch und trotz Regen und Sturm hörte man das regelmäßige Schnarchen des Gesandten der Union. Da trat der Geist leise aus der Vertäfelung hervor, mit einem bösen Lächeln um den grausamen, faltigen Mund, sodass sogar der Mond sein Gesicht verbarg, als er an dem hohen Fenster vorüberglitt, auf dem das Wappen des

Gespenstes und das seiner ermordeten Frau in Gold und Hellblau gemalt waren. Leise schlurfte er weiter, wie ein böser Schatten; die Dunkelheit selber schien sich vor ihm zu grausen, wie er vorbeihuschte. Einmal kam es ihm vor, als hörte er jemand rufen; er stand still; aber es war nur das Bellen eines Hundes auf dem nahen Bauernhof, und so schlich er weiter, während er wunderliche Flüche aus dem sechzehnten Jahrhundert vor sich hin murmelte und dann und wann mit dem rostigen Dolch in der Luft herumstach. Nun hatte er die Ecke des Korridors erreicht, der zu des unglücklichen Washington Zimmer führte. Einen Augenblick blieb er da stehen, und der Wind blies ihm seine langen grauen Locken um den Kopf und spielte ein phantastisches und groteskes Spiel mit den unheimlichen Falten des Leichentuchs. Da schlug die Uhr ein Viertel, und er fühlte, jetzt sei die Zeit gekommen. Er lächelte zufrieden vor sich hin und machte einen Schritt um die Ecke; aber kaum tat er das, da fuhr er mit einem jammervollen Schreckenslaut zurück und verbarg sein erblasstes Gesicht in den langen knochigen Händen: Gerade vor ihm stand ein entsetzliches Gespenst, bewegungslos wie eine gemeißelte Statue und fürchterlich wie der Traum eines Wahnsinnigen! Der Kopf war kahl und glänzend, das Gesicht rund und fett und weiß, und grässliches Lachen schien seine Züge in ein ewiges Grinsen verzerrt zu haben. Aus den Augen kamen rote Lichtstrahlen, der Mund war eine weite Feuerhöhle, und ein scheußliches Gewand, seinem eigenen ähnlich, verhüllte mit seinem schneeigen Weiß die Gestalt des Riesen. Auf seiner Brust war ein Plakat befestigt mit einer sonderbaren Schrift in alten ungewöhnlichen Buchstaben, wohl irgendein Bericht wilder Missetaten, ein schmähliches Verzeichnis schauerlicher Verbrechen, und in seiner rechten Hand hielt das Ungeheuer eine Keule von blitzendem Stahl.

Da der Geist noch nie in seinem Leben ein Gespenst gesehen hatte, so war er natürlich furchtbar erschrocken, und nachdem er noch einen zweiten hastigen Blick auf die entsetzliche Erscheinung geworfen hatte, floh er zu seinem Zimmer zurück, stolperte über sein langes Laken, als er den Korridor hinunterraste, und ließ schließlich noch seinen Dolch in die hohen Jagdstiefel des Gesandten fallen, wo ihn der Kammerdiener am nächsten Morgen fand. In seinem Zimmer angekommen, warf er sich auf das schmale Feldbett und verbarg sein Gesicht unter der Decke. Nach einer Weile jedoch rührte sich der tapfere alte Canterville-Charakter doch wieder, und der Geist beschloss, sobald der Tag graute, zu dem andern Geist zu gehen und ihn anzureden. Kaum begann es zu dämmern, da machte er sich auf und ging zur Stelle, wo seine Augen zuerst das grässliche Phantom erblickt hatten, denn er fühlte, es sei doch schließlich angenehmer, zwei Gespenster zusammen zu sein als eines allein, und dass er mit Hilfe dieses neuen Freundes erfolgreich gegen die Zwillinge zu Felde ziehen könne. Als er jedoch an die Stelle kam, bot sich ihm ein fürchterlicher Anblick. Dem Gespenst war jedenfalls ein Unglück passiert, denn in seinen hohlen Augen war das Licht erloschen, die glänzende Keule war seiner Hand entfallen, und es selber lehnte in einer höchst unbequemen gezwungenen Stellung an der Wand. Er stürzte vorwärts und zog es am Arm, da fiel zu seinem Entsetzen der Kopf ab, rollte auf den Boden, der Körper fiel in sich zusammen, und er hielt in seinen Händen eine weiße Bettgardine mit einem Besenstiel und einem Küchenbeil, während zu seinen Füßen ein hohler Kürbis lag! Unfähig, diese wunderbare Veränderung zu begreifen, packte er mit wilder Hast das Plakat, und da las er im grauen Licht des Morgens die fürchterlichen Worte:

Das Otis-Gespenst.
Der einzig wahre und originale Spuk.
Vor Nachahmung wird gewarnt.
Alle anderen sind unecht.

Jetzt war ihm alles klar. Man hatte ihn zum Besten gehabt, und er war hereingefallen! Der alte wilde

Canterville-Blick kam in seine Augen; er kniff den zahnlosen Mund zusammen, und indem er seine knochigen Hände hoch in die Höhe warf, schwur er in der pittoresken Phraseologie des alten Stiles: Wenn Chanticleer zum zweiten Mal in sein lustiges Horn stieße, würden entsetzliche Bluttaten geschehen und Mord würde auf leisen Sohlen durchs Haus schleichen.

Kaum hatte er diesen furchtbaren Schwur zu Ende geschworen, als vom roten Ziegeldach eines Bauernhofes der Hahn krähte. Das Gespenst lachte ein langes, dumpfes, bitteres Lachen und wartete. Stunde auf Stunde verrann, aber der Hahn krähte aus irgendeinem Grund nicht wieder. Endlich ließ ihn um halb acht das Kommen der Hausmädchen seine grausige Nachtwache aufgeben, und er ging in sein Zimmer, in tiefen Gedanken über seinen vergeblichen Schwur und sein vereiteltes Vorhaben. Er schlug in verschiedenen alten Ritterbüchern nach, was er außerordentlich liebte, und fand, dass noch jedes Mal, wo dieser Schwur getan, Chanticleer ein zweites Mal gekräht hatte.

»Zum Teufel mit dem faulen Hahn«, brummte er, »hätte ich doch den Tag erlebt, wo ich mit meinem sicheren Speer ihm durch die Gurgel gefahren wäre, und da würde er, wenn auch schon im Sterben, für mich zweimal haben krähen müssen!«

Hierauf legte er sich in einem bequemen bleiernen Sarg zur Ruhe und blieb da bis zum späten Abend.

IV

Am folgenden Tage war der Geist sehr schwach und müde. Die Aufregungen der letzten vier Wochen fingen an, ihn anzugreifen. Seine Nerven waren völlig kaputt, und beim geringsten Geräusch fuhr er erschrocken in die Höhe. Fünf Tage lang blieb er still auf seinem Zimmer und fand sich darein, die ewige Sorge um den Blutfleck aufzugeben. Wenn die Familie Otis den Fleck nicht zu haben wünsche, so war sie ihn auch nicht wert. Das waren überhaupt augenscheinlich Leute von ganz niederer Bildung und völlig unfähig, den Wert eines Hausgespenstes zu würdigen. Die Frage nach überirdischen Erscheinungen und der Entwicklung der Himmelskörper war natürlich eine ganz andere Sache, aber die ging ihn nichts an.

Seine heilige Pflicht war es, einmal in der Woche auf dem Korridor zu spuken und jeden ersten und dritten Mittwoch im Monat von dem großen bunten Glasfenster aus in die Halle hinab wirres Zeug zu schwatzen: Von diesen beiden Verpflichtungen konnte er sich ehrenhalber nicht frei machen. Gewiss war ja sein Leben ein äußerst böses gewesen, aber anderseits musste man zugeben, dass er in allen Dingen, die mit dem Übernatürlichen zusammenhingen, außerordentlich gewissenhaft war. Mit dieser Gewissenhaftigkeit wanderte er also an den folgenden drei Freitagen wie gewöhnlich zwischen zwölf und drei Uhr die Korridore auf und ab, gab aber schrecklich darauf acht, dass er weder gehört noch gesehen wurde. Er zog die Stiefel aus und trat so leise wie möglich auf die alten wurmstichigen Böden, er trug einen weiten schwarzen Samtmantel und gebrauchte den *Rising Sun*-Lubricator gewissenhaft, um seine Ketten damit zu schmieren. Dies letzte Vorsichtsmittel benutzte er, wie ich zugeben muss, erst nach vielen Schwierigkeiten. Eines Abends jedoch, während die Familie gerade beim Essen saß, schlich er sich in Mr Otis' Schlafzimmer und holte sich die Flasche. Zuerst fühlte er sich wohl ein wenig gedemütigt, aber schließlich war er doch vernünftig genug einzusehen, dass diese Erfindung etwas für sich hatte, und jedenfalls diente sie bis zu einem gewissen Grade seinen Zwecken. Aber trotz alledem ließ man ihn noch immer nicht ganz unbelästigt. Beständig waren Stricke über den Korridor gespannt, über die er im Dunkeln natürlich fiel, und eines Abends, als er gerade als »Schwarzer Isaak oder der Jäger vom Hogleywald« angezogen war, stürzte er plötzlich heftig zu Boden, weil er auf einer Schleifbahn von Butter, welche die Zwillinge vom Tapetenzimmer bis zur Eichentreppe hergerichtet hatten, ausgeglitten war. Diese letzte Beleidigung brachte ihn so in Wut, dass er beschloss, noch eine letzte Anstrengung zu machen, um seine Würde und seine gesellschaftliche Stellung zu sichern, und dies sollte damit geschehen, dass er den frechen jungen Etonschülern die nächste Nacht in seiner berühmten Rolle als »Kühner Ruprecht oder der Graf ohne Kopf« erscheinen wollte.

Seit mehr als siebzig Jahren war er nicht in dieser Rolle aufgetreten, seit er damals die hübsche Lady Barbara Modish so damit erschreckt hatte, dass sie plötzlich ihre Verlobung mit dem Großvater des jetzigen Lord Canterville auflöste und stattdessen mit dem schönen Jack Castletown nach Gretna Green floh, indem sie erklärte, um keinen Preis der Welt in eine Familie hineinheiraten zu wollen, die einem abscheulichen Gespenst erlaube, in der Dämmerung auf der Terrasse spazieren zu gehen. Der arme Jack wurde später vom Lord Canterville im Duell am Wandsworthgehölz erschossen, und Lady Barbara starb, noch ehe das Jahr vergangen war, in Tunbridge Wells an gebrochenem Herzen; so war also damals sein Erscheinen von größtem Erfolg gewesen. Aber es war mit dieser Rolle sehr viel Mühe verbunden, wenn ich so sagen darf in Hinsicht auf eines der größten Geheimnisse des

Übernatürlichen, und er brauchte volle drei Stunden für die Vorbereitungen.

Endlich war alles fertig, und er war sehr zufrieden mit seinem Aussehen. Die großen ledernen Reitstiefel, die zum Kostüm gehörten, waren ihm zwar ein bisschen zu weit, und er konnte nur eine der beiden großen Pistolen finden, aber im Ganzen genommen war er doch befriedigt von sich, und um ein Viertel nach ein Uhr glitt er aus der Wandtäfelung hervor und schlich den Korridor hinab. Als er das Zimmer der Zwillinge erreicht hatte, das, wie ich erwähnen muss, wegen seiner Vorhänge auch das blaue Schlafzimmer genannt wurde, fand er die Tür nur angelehnt. Da er nun einen effektvollen Eintritt wünschte, so stieß er sie weit auf – schwupp! da fiel ein schwerer Wasserkrug gerade auf ihn herunter und durchnässte ihn bis auf die Haut. Im gleichen Augenblick hörte er unterdrücktes Gelächter vom Bett herkommen. Der Schock, den sein Nervensystem erlitt, war so stark, dass er, so schnell er nur konnte, zu seinem Zimmer lief; den nächsten Tag lag er an einer heftigen Erkältung fest im Bett.

Sein einziger Trost bei der Sache war, dass er seinen Kopf nicht bei sich gehabt hatte, denn wäre dies der Fall gewesen, so hätten die Folgen doch sehr ernst sein können. Jetzt gab er alle Hoffnung auf, diese ordinären Amerikaner überhaupt noch zu erschrecken, und begnügte sich in der Regel damit, in Pantoffeln über den Korridor zu schleichen, mit einem dicken rotwollenen Tuch um den Hals, aus Angst vor Zugluft, und einer kleinen Armbrust, im Fall ihn die Zwillinge angreifen sollten.

Aber der Hauptschlag, der gegen ihn geführt wurde, geschah am 19. September. Er war in die große Eingangshalle gegangen, da er sich dort noch am unbehelligtesten wusste, und unterhielt sich damit, spöttische Bemerkungen über die lebensgroßen Platinfotografien des Gesandten und seiner Frau zu machen, welche jetzt an der Stelle der Canterville-Ahnenbilder hingen. Er war einfach, aber ordentlich gekleidet, und zwar in ein langes Laken, das da und dort bräunliche Flecken von Kirchhofserde aufwies, hatte seine untere Kinnlade mit einem Stück gelber Leinwand hochgebunden und trug eine kleine Laterne und den Spaten eines Totengräbers. Eigentlich war es das Kostüm von »Jonas, dem Grablosen, oder der Leichenräuber von Chertsey Barn«, eine seiner hervorragendsten Rollen, welche die Cantervilles allen Grund hatten zu kennen, weil durch sie der ewige Streit mit ihrem Nachbarn Lord Rufford verursacht worden war. Es ging so gegen ein Viertel auf drei Uhr morgens, und allem Anschein nach rührte sich nichts. Als er jedoch langsam in die Bibliothek schlenderte, um doch mal wieder nach den etwaigen Spuren des

Blutflecks zu sehen, da sprangen aus einer dunklen Ecke plötzlich zwei Gestalten hervor, welche ihre Arme wild emporwarfen und ihm »Buh!« in die Ohren brüllten.

Von panischem Schrecken ergriffen, der unter solchen Umständen nur selbstverständlich erscheinen muss, raste er zu der Treppe, wo aber schon Washington mit der großen Gartenspritze auf ihn wartete; da er sich nun von seinen Feinden so umzingelt und fast zur Verzweiflung getrieben sah, verschwand er schleunigst in den großen eisernen Ofen, der zu seinem Glück nicht angesteckt war, und musste nun auf einem höchst beschwerlichen Weg durch Ofenrohre und Kamine in sein Zimmer zurück, wo er völlig erschöpft, beschmutzt und verzweifelt ankam.

Nach diesem Erlebnis wurde er nie mehr auf einer solchen nächtlichen Expedition getroffen. Die Zwillinge warteten bei den verschiedensten Gelegenheiten auf sein Erscheinen und streuten jede Nacht den Korridor ganz voll Nussschalen, zum großen Ärger ihrer Eltern und der Dienerschaft, aber es war alles vergebens. Augenscheinlich waren die Gefühle des armen Gespenstes derart verletzt, dass es sich nicht wieder zeigen wollte. In der Folge nahm dann Mr Otis sein großes Werk über die Geschichte der Demokratischen Partei wieder auf, das ihn schon seit Jahren beschäftigte; Mrs Otis organisierte ein wunderbares Preiskuchenbacken, das die ganze Grafschaft aufregte; die Jungen gaben sich dem Vergnügen von Lacrosse, Euchre, Poker und andern amerikanischen Nationalspielen hin; und Virginia ritt auf ihrem hübschen Pony im Park spazieren, begleitet von dem jungen Herzog von Cheshire, der die letzten Wochen der großen Ferien auf Schloss Canterville verleben durfte. Man nahm allgemein an, dass der Geist das Schloss verlassen habe, ja, Mr Otis schrieb sogar einen Brief in diesem Sinn an Lord Canterville, der in Erwiderung desselben seine große Freude über diese Nachricht aussprach und sich der werten Frau Gemahlin auf das Angelegentlichste empfehlen ließ.

Die Familie Otis hatte sich aber getäuscht, denn der Geist war noch im Haus, und obgleich fast ein Schwerkranker, so war er doch keinesfalls entschlossen, die Sache ruhen zu lassen, besonders als er hörte, dass unter den Gästen auch der junge Herzog von Cheshire sich befinde, dessen Großonkel Lord Francis Stilton einst um 1 000 Guineen mit Oberst Carbury gewettet hatte, dass er mit dem Geist Würfel spielen wollte, und der am nächsten Morgen im Spielzimmer auf dem Boden liegend in einem Zustand hilfloser Lähmung gefunden wurde. Obgleich er noch ein hohes Alter erreichte, so war er niemals wieder imstande gewesen, etwas anderes als »zwei Atout« zu sagen. Die Geschichte war seinerzeit allgemein bekannt, obgleich natürlich aus Rücksicht auf die beiden vornehmen Familien die größten Anstrengungen gemacht wurden, sie zu vertuschen, aber der ausführliche Bericht mit allen näheren Umständen ist in dem dritten Band von Lord Tattles *Erinnerungen an den Prinzregenten und seine Freunde* zu finden. Der Geist war natürlich sehr besorgt, zu zeigen, dass er seine Macht über die Stiltons noch nicht verloren hätte, mit denen er ja noch dazu entfernt verwandt war, da seine rechte Cousine in zweiter Ehe mit dem Sieur de Bulkeley vermählt war, von dem, wie allgemein bekannt, die Herzöge von Cheshire abstammen.

Demgemäß traf er Vorkehrungen, Virginias kleinem Liebhaber in seiner berühmten Rolle als »Vampirmönch oder der blutlose Benediktiner« zu erscheinen. Dies war eine so fürchterliche Pantomime, dass Lady Startup an jenem verhängnisvollen Neujahrsabend 1764 vor Schreck von einem Gehirnschlag getroffen wurde, an dem sie nach drei Tagen starb, nachdem sie noch schnell die Cantervilles, ihre nächsten Verwandten, enterbt und ihren ganzen Besitz ihrem Londoner Apotheker vermacht hatte. Im letzten Moment aber hinderte den Geist die Angst vor den Zwillingen, sein Zimmer zu verlassen, und der kleine Herzog schlief friedlich in seinem hohen Himmelbett im königlichen Schlafzimmer und träumte von Virginia.

V

Wenige Tage später ritten Virginia und ihr goldlockiger junger Ritter über die Brockleywiesen spazieren, wo sie beim Springen über eine Hecke ihr Reitkleid derart zerriss, dass sie, zu Hause angekommen, es vorzog, die Hintertreppe hinaufzugehen, um nicht gesehen zu werden. Als sie an dem alten Gobelinzimmer vorüberkam, dessen Tür zufällig halb offen stand, meinte sie, jemanden drinnen zu sehen, und da sie ihrer Mama Kammermädchen darin vermutete, das dort zuweilen arbeitete, so ging sie hinein, um gleich ihr Kleid ausbessern zu lassen. Zu ihrer ungeheuren Überraschung war es jedoch das Gespenst von Canterville selber! Es saß am Fenster und beobachtete, wie das matte Gold des vergilbten Laubes durch die Luft flog und die roten Blätter einen wilden Reigen in der langen Allee tanzten. Es hatte den Kopf in die Hand gestützt, und seine ganze Haltung drückte tiefe Niedergeschlagenheit aus. Ja, so verlassen und verfallen sah es aus, dass die kleine Virginia, deren erster Gedanke gewesen war, zu fliehen und sich in ihr Zimmer einzuschließen, von Mitleid erfüllt, sich entschloss zu bleiben, um das arme Gespenst zu trösten. Ihr Schritt war so leicht und seine Melancholie so tief, dass es ihre Gegenwart erst bemerkte, als sie zu ihm sprach.

»Sie tun mir so leid«, sagte sie, »aber morgen müssen meine Brüder nach Eton zurück, und wenn Sie sich dann wie ein gebildeter Mensch betragen wollen, so wird Sie niemand mehr ärgern.«

»Das ist ein einfältiges und ganz unsinniges Verlangen einem Geist gegenüber«, antwortete er, indem er erstaunt das hübsche kleine Mädchen ansah, das ihn anzureden wagte. »Ich muss mit meinen Ketten rasseln und durch Schlüssellöcher stöhnen und des Nachts herumwandeln, wenn es das ist, was Sie meinen. Das ist ja mein einziger Lebenszweck.«

»Das ist überhaupt kein Lebenszweck, und Sie wissen sehr gut, dass Sie ein böser, schlechter Mensch gewesen sind. Mrs Umney hat uns am ersten Tag unseres Hierseins gesagt, dass Sie Ihre Frau getötet haben.«

»Nun ja, das gebe ich zu«, sagte das Gespenst verärgert, »aber das war doch eine reine Familienangelegenheit und ging niemand anderen etwas an.«

»Es ist sehr unrecht, jemand umzubringen«, sagte Virginia, die zeitweise einen ungemein lieblichen puritanischen Ernst besaß, mit dem sie von irgendeinem Vorfahren aus Neuengland belastet war.

»O wie ich die billige Strenge abstrakter Moral hasse! Meine Frau war sehr hässlich, hat mir niemals die Manschetten ordentlich stärken lassen und verstand nichts vom Kochen. Denken Sie nur, einst hatte ich einen Kapitalbock im Hogleywald geschossen, und wissen Sie, wie sie ihn auf den Tisch brachte? Aber das ist ja jetzt ganz gleichgültig, denn es ist lange her, und ich kann nicht finden, dass es nett von ihren Brüdern war, mich zu Tode hungern zu lassen, bloß weil ich sie getötet hatte.«

»Sie zu Tode hungern? O lieber Herr Geist, ich meine Sir Simon, sind Sie hungrig? Ich habe ein Butterbrot bei mir, möchten Sie das haben?«

»Nein, ich danke Ihnen sehr, ich nehme jetzt nie mehr etwas zu mir; aber trotzdem ist es sehr freundlich von Ihnen, und Sie sind überhaupt viel netter als alle anderen Ihrer abscheulich groben, vulgären, unehrlichen Familie.«

»Schweigen Sie!«, rief Virginia und stampfte mit dem Fuß. »Sie sind es, der grob, abscheulich und gewöhnlich ist, und was die Unehrlichkeit betrifft, so wissen Sie sehr wohl, dass Sie mir alle Farben aus meinem Malkasten gestohlen haben, um den lächerlichen Blutfleck in der Bibliothek stets frisch zu machen! Erst nahmen Sie alle die roten, sogar Vermillon, und ich konnte gar keine Sonnenuntergänge mehr malen, dann nahmen Sie Smaragdgrün und Chromgelb, und schließlich blieb mir nichts mehr als Indigo und Chinesisch-Weiß, da konnte ich nur noch Mondscheinlandschaften malen, die immer solchen melancholischen Eindruck machen und gar nicht leicht zu malen sind. Ich habe Sie nie verraten, obgleich ich sehr ärgerlich war, und die ganze Sache war ja überhaupt lächerlich; denn wer hat je im Leben von grünen Blutflecken gehört.«

»Ja, aber was sollte ich tun?«, sagte der Geist kleinlaut. »Heutzutage ist es schwer, wirkliches Blut zu bekommen, und als Ihr Bruder nun mit seinem Fleckenreiniger anfing, da sah ich wirklich nicht ein, warum ich nicht Ihre Farben nehmen sollte. Was nun die besondere Färbung betrifft, so ist das lediglich Geschmackssache; die Cantervilles z. B. haben blaues Blut, das allerblaueste in England: Aber ich weiß, ihr Amerikaner macht euch aus dergleichen nichts.«

»Darüber wissen Sie gar nichts, und das Beste wäre, Sie wanderten aus und vervollkommneten drüben Ihre Bildung. Mein Vater wird nur zu glücklich sein, Ihnen freie Überfahrt zu verschaffen, und wenn auch ein hoher Zoll auf Geistiges jeder Art liegt, so wird es doch auf dem Zollamt keine Schwierigkeiten geben, denn die Beamten sind alle Demokraten. Wenn Sie erst mal in New York sind, so garantiere ich Ihnen einen großen Erfolg. Ich kenne eine Menge Leute, die 1000 Dollar dafür geben würden, einen Großvater zu haben, und noch unendlich viel mehr für ein Familiengespenst.«

»Ich glaube, mir würde Amerika nicht gefallen.«

»Wahrscheinlich, weil wir keine Ruinen und Altertümer haben«, sagte Virginia spöttisch.

»Keine Ruinen? Keine Altertümer?«, erwiderte der Geist. »Sie haben doch Ihre Marine und Ihre Umgangsformen!«

»Guten Abend. Ich gehe jetzt und will Papa bitten, den Zwillingen noch extra acht Tage länger Ferien zu geben.«

»Bitte, gehen Sie nicht, Miss Virginia«, rief das Gespenst. »Ich bin so einsam und unglücklich und weiß nicht mehr, was ich tun soll. Ich möchte nur schlafen und kann es doch nicht.«

»Das ist töricht! Sie brauchen doch nur zu Bett zu gehen und das Licht auszublasen. Manchmal ist es so schwer, wach zu bleiben, besonders in der Kirche, aber beim Einschlafen gibt es doch gar keine Schwierigkeiten. Sogar die kleinen Kinder können das und sind doch gar nicht klug.«

»Seit dreihundert Jahren habe ich nicht mehr geschlafen«, sagte das Gespenst traurig, und Virginias schöne blaue Augen öffneten sich weit in grenzenlosem Erstaunen. »Seit dreihundert Jahren habe ich nicht mehr geschlafen, und ich bin so müde.«

Virginia wurde auf einmal ganz ernst, und ihre kleinen Lippen zitterten wie Rosenblätter. Sie trat näher zu ihm, kniete sich an seine Seite und sah zu seinem alten gefurchten Gesicht auf.

»Armer, armer Geist«, sprach sie leise, »haben

Sie denn kein Fleckchen, wo Sie mal schlafen können?«

»Weit hinter jenen Wäldern liegt ein kleiner Garten«, sagte der Geist mit verträumter ferner Stimme. »Da wächst langes Gras, da blühen die großen weißen Sterne des Schierlings, und die Nachtigallen singen die ganze Nacht hindurch. Die ganze lange Nacht singen sie, und der kalte, kristallene Mond schaut nieder, und die Trauerweide breitet ihre Riesenarme über die Schläfer aus.«

Virginias Augen füllten sich mit Tränen, und sie verbarg das Gesicht in den Händen.

»Sie meinen den Garten des Todes«, flüsterte sie.

»Ja, Tod. Der Tod muss so schön sein. In der weichen braunen Erde zu liegen, während das lange Gras über einem hin und her schwankt, und der Stille zu lauschen. Kein Gestern, kein Morgen haben. Die Zeit und das Leben vergessen, im Frieden sein. Sie können mir helfen. Sie können mir die Tore des Todes öffnen, denn auf Ihrer Seite ist stets die Liebe, und die Liebe ist stärker als der Tod.«

Virginia zitterte, und ein kalter Schauer durchlief sie, und einige Minuten lang war es still. Es schien ihr wie ein angstvoller Traum.

Dann sprach der Geist wieder, und seine Stimme klang wie das Seufzen des Windes.

»Haben Sie je die alte Prophezeiung an dem Fenster in der Bibliothek gelesen?«

»O wie oft«, rief das junge Mädchen aufblickend, »ich kenne sie sehr gut. Sie ist mit verschnörkelten schwarzen Buchstaben geschrieben und schwer zu lesen; es sind nur sechs Zeilen:

Wenn ein goldenes Mädchen es dahin bringt,
dass es sündige Lippen zum Beten zwingt,
Wenn die dürre Mandel unter Blüten sich senkt,
ein unschuldiges Kind seine Tränen verschenkt,
Dann wird dies Haus wieder ruhig und still,
und Friede kehrt ein auf Schloss Canterville.

Aber ich weiß nicht, was das heißen soll.«

»Das heißt: Dass Sie für mich über meine Sünden weinen müssen, da ich keine Tränen habe, und für mich für meine Seele beten müssen, da ich keinen Glauben habe, und dann, wenn Sie immer gut und sanft gewesen sind, dann wird der Engel des Todes Erbarmen mit mir haben. Sie werden entsetzliche Gestalten im Dunkeln sehen, Schauriges wird Ihr Ohr vernehmen, aber es wird Ihnen kein Leid geschehen, denn gegen die Reinheit eines Kindes sind die Gewalten der Hölle ohne Macht.«

Virginia antwortete nicht, und der Geist rang verzweifelt die Hände, während er auf ihr gesenktes Köpfchen herabsah. Plötzlich erhob sie sich, ganz blass, aber ihre Augen leuchteten. »Ich fürchte mich nicht«, sagte sie bestimmt, »ich will den Engel bitten, Erbarmen mit Ihnen zu haben.«

Mit einem leisen Freudenausruf stand der Geist auf, ergriff mit altmodischer Galanterie ihre Hand und küsste sie. Seine Finger waren kalt wie Eis, und seine Lippen brannten wie Feuer, aber Virginia zauderte nicht, als er sie durch das dämmerdunkle Zimmer führte. In den verblassten grünen Gobelin waren kleine Jäger gewirkt, die bliesen auf ihren Hörnern und winkten ihr mit den winzigen Händen, umzukehren. »Kehre um, kleine Virginia«, riefen sie, »kehre um!« Aber der Geist fasste ihre Hand fester, und sie schloss die Augen. Gräuliche Tiere mit Eidechsenschwänzen und feurigen Augen sahen sie vom Kaminsims an und grinsten: »Nimm dich in Acht, Virginia, nimm dich in Acht! Vielleicht sieht man dich nie wieder!« Aber der Geist ging noch schneller voran, und Virginia hörte nicht auf die Stimmen. Am Ende des Zimmers hielt das Gespenst an und murmelte einige Worte, die sie nicht verstand. Sie schlug die Augen auf und sah die Wand vor sich verschwinden wie im Nebel, und eine große schwarze Höhle tat sich auf. Es wurde ihr eisig kalt, und sie fühlte etwas an ihrem Kleide zerren.

»Schnell, schnell«, rief der Geist, »sonst ist es zu spät!«, und schon hatte sich die Wand hinter ihnen wieder geschlossen, und das Gobelinzimmer war leer.

VI

Ungefähr zehn Minuten später tönte der Gong zum Tee, und da Virginia nicht herunterkam, schickte Mrs Otis einen Diener hinauf, sie zu rufen. Nach kurzer Zeit kam er wieder und sagte, dass er Miss Virginia nirgends habe finden können. Da sie um diese Zeit gewöhnlich in den Garten ging, um Blumen für den Mittagstisch zu pflücken, so war Mrs Otis zuerst gar nicht weiter besorgt, aber als es sechs Uhr schlug und Virginia immer noch nicht da war, wurde sie doch unruhig und schickte die Jungen aus, sie zu suchen, während sie und Mr Otis das ganze Haus abgingen. Um halb sieben kamen die Jungen wieder und berichteten, sie hätten nirgends auch nur eine Spur von ihrer Schwester entdecken können. Jetzt waren alle auf das Äußerste beunruhigt und wussten nicht mehr, was sie tun sollten, als Mr Otis sich plötzlich darauf besann, dass er vor einigen Tagen einer Zigeunerbande erlaubt habe, im Park zu übernachten. So machte er sich denn sofort auf nach Blackfell Hollow, wo sich die Bande, wie er wusste, jetzt aufhielt, und sein ältester Sohn und zwei Bauernburschen begleiteten ihn. Der kleine Herzog von Cheshire, der vor Angst ganz außer sich war, bat inständigst, sich anschließen zu dürfen, aber Mr Otis wollte es ihm nicht erlauben, da er fürchtete, der junge Herr würde in seiner Aufregung nur stören.

Als sie jedoch an die gesuchte Stelle kamen, waren die Zigeuner fort, und zwar war ihr Abschied augenscheinlich ein sehr rascher gewesen, wie das noch brennende Feuer und einige auf dem Gras liegende Teller anzeigten. Nachdem er Washington weiter auf die Suche geschickt hatte, eilte Mr Otis heim und sandte Depeschen an alle Polizeiposten der Grafschaft, in denen er sie ersuchte, nach einem kleinen Mädchen zu forschen, das von Landstreichern oder Zigeunern entführt worden sei. Dann ließ er sein Pferd satteln, und nachdem er darauf bestanden hatte, dass seine Frau und die beiden Jungen sich zu Tisch setzten, ritt er mit einem Knecht nach Ascot. Aber kaum hatte er ein paar Meilen zurückgelegt, als er jemand hinter sich hergaloppieren hörte; es war der junge Herzog, der auf seinem Pony mit erhitztem Gesichte und ohne Hut hinter ihm herkam.

»Ich bitte um Verzeihung, Mr Otis«, sagte er atemlos, »aber ich kann nicht zu Abend essen, solange Virginia nicht gefunden ist. Bitte, seien Sie mir nicht böse. Wenn Sie voriges Jahr Ihre Einwilligung zu unserer Verlobung gegeben hätten, so würde all diese Sorge uns erspart geblieben sein. Sie schicken mich nicht zurück, nicht wahr? Ich gehe auf jeden Fall mit Ihnen!«

Der Gesandte musste lächeln über den hübschen Jungen und war wirklich gerührt über seine Liebe zu Virginia. So lehnte er sich denn zu ihm hinüber, klopfte ihm freundlich auf die Schulter und sagte: »Nun gut, Cecil, wenn Sie nicht umkehren wollen, so müssen Sie mit mir kommen, aber dann muss ich Ihnen in Ascot erst einen Hut kaufen.«

»Ach, zum Teufel mit meinem Hut! Ich will Virginia wiederhaben!«, rief der kleine Herzog lachend, und sie ritten weiter zu der Bahnstation. Dort erkundigte sich Mr Otis bei dem Stationsvorstand, ob nicht eine junge Dame auf dem Bahnsteig gesehen worden sei, auf welche die Beschreibung von Virginia passe, aber er konnte nichts über sie erfahren. Der Stationsvorstand telegraphierte auf der Strecke hinauf und hinunter und versicherte Mr Otis, dass man auf das Gewissenhafteste recherchieren werde; und nachdem Mr Otis noch bei einem Schnittwarenhändler, der eben seinen Laden schließen wollte, dem jungen Herzog einen Hut gekauft hatte, ritten sie nach Bexley weiter, einem Dorf, das ungefähr vier Meilen entfernt lag und bei dem die Zigeuner besonders gern ihr Lager aufschlugen, weil es bei einer großen Wiese lag.

Hier weckten sie den Gendarmen, konnten aber nichts von ihm in Erfahrung bringen; und nachdem sie die ganze Gegend abgesucht hatten, mussten sie sich schließlich unverrichteter Dinge auf den Heimweg machen und erreichten todmüde und gebrochenen Herzens um elf Uhr wieder das Schloss. Sie fanden Washington und die Zwillinge am Tor, wo sie mit Laternen gewartet hatten, weil die Allee so dunkel war. Nicht die geringste Spur von Virginia hatte man bisher entdecken können. Man hatte die Zigeuner auf den Wiesen von Brockley eingeholt, aber sie war nicht bei ihnen, und die Zigeuner hatten ihre plötzliche Abreise damit erklärt, dass sie eiligst auf den Jahrmarkt von Chorton hätten müssen, um dort nicht zu spät anzukommen. Es hatte ihnen wirklich herzlich leidgetan, von Virginias Verschwinden zu hören, und da sie Mr Otis dankbar waren, weil er ihnen den Aufenthalt in seinem Park gestattet hatte, so waren vier von der Bande mit zurückgekommen, um sich an der Suche zu beteiligen. Man ließ den Karpfenteich ab und durchsuchte jeden Winkel im Schloss – alles ohne Erfolg. Es war kein Zweifel, Virginia war, wenigstens für diese Nacht, verloren.

In tiefster Niedergeschlagenheit kehrten Mr Otis und die Jungen in das Haus zurück, während der Groom mit den beiden Pferden und dem Pony folgte. In der Halle standen alle Dienstboten aufgeregt beieinander, und auf einem Sofa in der Bibliothek lag die arme Mrs Otis, die vor Schrecken und Angst fast den Verstand verloren hatte und der die gute alte Haushälterin die Stirn mit Eau de

Cologne wusch. Mr Otis bestand darauf, dass sie etwas esse, und bestellte das Diner für die ganze Familie. Es war eine trübselige Mahlzeit, wo kaum einer ein Wort sprach; sogar die Zwillinge waren vor Schrecken stumm, denn sie liebten ihre Schwester sehr. Als man fertig war, schickte Mr Otis trotz der dringenden Bitten des jungen Herzogs alle zu Bett, indem er erklärte, dass man jetzt in der Nacht ja doch nichts mehr tun könne, und am nächsten Morgen wolle er sofort nach Scotland Yard telegraphieren, dass man ihnen mehrere Detektive schicken solle.

Gerade als man den Speisesaal verließ, schlug die große Turmuhr Mitternacht, und als der letzte Schlag verklungen war, hörte man plötzlich ein furchtbares Gepolter und einen durchdringenden Schrei. Ein wilder Donner erschütterte das Haus in seinem Grund, ein Strom von überirdischer Musik durchzog die Luft, die Wandtäfelung oben an der Treppe flog mit tosendem Lärm zur Seite, und in der Öffnung stand, blass und weiß, mit einer kleinen Schatulle in der Hand – Virginia! Im Nu waren alle zu ihr hinaufgestürmt. Mrs Otis presste sie leidenschaftlich in ihre Arme, der Herzog erstickte sie fast mit seinen Küssen, und die Zwillinge vollführten einen wilden Indianertanz um die Gruppe herum.

»Mein Gott! Kind, wo bist du nur gewesen?«, rief Mr Otis fast etwas ärgerlich, da er glaubte, sie habe sich einen törichten Scherz mit ihnen erlaubt. »Cecil und ich sind meilenweit über Land geritten, dich zu suchen, und deine Mutter hat sich zu Tode geängstigt. Du musst nie wieder solche dummen Streiche machen.«

»Nur das Gespenst darfst du foppen, nur das Gespenst!«, schrien die Zwillinge und sprangen umher wie verrückt.

»Mein Liebling, Gott sei Dank, dass wir dich wiederhaben, du darfst nie wieder von meiner Seite«, sagte Mrs Otis zärtlich, während sie die zitternde Virginia küsste und ihr die langen zerzausten Locken glatt strich.

»Papa«, sagte Virginia ruhig, »ich war bei dem Gespenst. Es ist tot, und du musst kommen, es zu sehen. Es ist in seinem Leben ein schlechter Mensch gewesen, aber es hat alle seine Sünden bereut, und ehe es starb, gab es mir diese Schatulle mit sehr kostbaren Juwelen.«

Die ganze Familie starrte sie lautlos verwundert an, aber sie sprach in vollem Ernst, wandte sich um und führte sie durch die Öffnung in der Wandtäfelung einen engen geheimen Korridor entlang. Washington folgte mit einem Licht, das er vom Tisch genommen hatte. Endlich gelangten sie zu einer schweren eichenen Tür, die ganz mit rostigen Nägeln beschlagen war. Als Virginia sie berührte, flog sie in ihren schweren Angeln zurück, und man befand sich in einem kleinen niedrigen Zimmer mit gewölbter Decke und einem vergitterten Fenster; ein schwerer eiserner Ring war in die Wand eingelassen, und daran angekettet lag ein riesiges Skelett, das der Länge nach auf dem steinernen Boden ausgestreckt war und mit seinen langen fleischlosen Fingern nach einem altmodischen Krug und Teller zu greifen versuchte, die man aber gerade so weit gestellt hatte, dass die Hand sie nicht erreichen konnte. Der Krug war wohl einmal mit Wasser gefüllt gewesen, denn innen war er ganz mit grünem Schimmel überzogen. Auf dem Zinnteller lag nur ein Häufchen Staub. Virginia kniete neben dem Skelett nieder, faltete ihre kleinen Hände und betete still, während die übrigen mit Staunen die grausige Tragödie betrachteten, deren Geheimnis ihnen nun enthüllt war.

»Schaut doch!«, rief plötzlich einer der Zwillinge, der aus dem Fenster gesehen hatte, um sich über die Lage des Zimmers zu orientieren. »Schaut doch! Der alte verdorrte Mandelbaum blüht ja! Ich kann die Blüten ganz deutlich im Mondlicht sehn.«

»Gott hat ihm vergeben!«, sagte Virginia ernst, als sie sich erhob, und ihr Gesicht strahlte in unschuldiger Freude.

»Du bist ein Engel!«, rief der junge Herzog, schloss sie in seine Arme und küsste sie.

VII

Vier Tage nach diesen höchst wunderbaren Ereignissen verließ ein Trauerzug nachts um elf Uhr Schloss Canterville. Den Leichenwagen zogen acht schwarze Pferde, von denen jedes ein großes Panaché von nickenden Straußenfedern auf dem Kopfe trug, und der bleierne Sarg war mit einer kostbaren purpurnen Decke verhangen, auf welcher das Wappen derer von Canterville in Gold gestickt war. Neben dem Wagen her schritten die Diener mit brennenden Fackeln, und der ganze Zug machte einen äußerst feierlichen Eindruck. Lord Canterville als der Hauptleidtragende war zu diesem Begräbnis extra von Wales gekommen und saß im ersten Wagen neben der kleinen Virginia. Dann kamen der Gesandte der Vereinigten Staaten und seine Gemahlin, danach Washington und die zwei Jungen, und im letzten Wagen saß Mrs Umney, die alte Wirtschafterin, ganz allein. Man hatte die Empfindung gehabt, dass sie, nachdem sie mehr als fünfzig Jahre ihres Lebens durch das Gespenst erschreckt worden war, nun auch ein Recht hätte, seiner Beerdigung beizuwohnen. In der Ecke des Friedhofes war ein tiefes Grab gegraben, gerade unter der Trauerweide, und Hochwürden Augustus Dampier hielt eine höchst eindrucksvolle Grabrede. Als die Zeremonie vorüber war, löschten die

Diener, einer alten Familiensitte der Canterville gemäß, ihre Fackeln aus, und während der Sarg in das Grab hinuntergelassen wurde, trat Virginia vor und legte ein großes Kreuz aus weißen und rosafarbenen Mandelblüten darauf nieder. Inzwischen kam der Mond hinter einer Wolke hervor und übersilberte den kleinen Friedhof, und im Gebüsch flötete eine Nachtigall. Virginia dachte an des Gespenstes Beschreibung vom Garten des Todes, ihre Augen füllten sich mit Tränen, und sie sprach auf der Rückfahrt nicht ein Wort.

Am nächsten Morgen hatte Mr Otis mit Lord Canterville vor dessen Rückkehr nach London eine Unterredung wegen der Juwelen, welche das Gespenst Virginia gegeben hatte. Sie waren von ganz hervorragender Schönheit, besonders ein Halsschmuck von Rubinen in altvenezianischer Fassung, ein Meisterwerk der Kunst des sechzehnten Jahrhunderts und so wertvoll, dass Mr Otis zögerte, seiner Tochter zu erlauben, sie anzunehmen.

»Mylord«, sagte er, »ich weiß sehr wohl, dass sich in diesem Lande die Erbfolge ebensowohl auf den Familienschmuck wie auf den Grundbesitz erstreckt, und ich bin dessen ganz sicher, dass diese Juwelen ein Erbstück Ihrer Familie sind oder doch sein sollten. Ich muss Sie demgemäß bitten, die Pretiosen mit nach London zu nehmen und sie lediglich als einen Teil Ihres Eigentums zu betrachten, der unter allerdings höchst wunderbaren Umständen wieder in Ihren Besitz zurückgelangt ist. Was meine Tochter betrifft, so ist diese ja noch ein Kind und hat, wie ich mich freue sagen zu können, nur wenig Interesse an solchen Luxusgegenständen. Mrs Otis, die, wie man wohl sagen kann, eine Autorität in Kunstsachen ist – da sie den großen Vorzug genossen hat, als junges Mädchen mehrere Winter in Boston zu verleben –, Mrs Otis sagte mir, dass diese Juwelen einen sehr bedeutenden Wert repräsentieren und sich ganz vorzüglich verkaufen würden. Unter diesen Umständen bin ich überzeugt, Lord Canterville, dass Sie einsehen werden, wie unmöglich es für mich ist, einem Mitglied meiner Familie zu erlauben, in dem Besitz der Juwelen zu bleiben, und endlich ist dieser eitle Putz und Tand und dieses glänzende Spielzeug, so passend und notwendig es auch zur Würde der britischen Aristokratie zu gehören scheint, doch unter jenen niemals recht am Platz, die in den strengen und, wie ich bestimmt glaube, unsterblichen Grundsätzen republikanischer Einfachheit erzogen sind. Vielleicht sollte ich noch erwähnen, dass Virginia sehr gern die Schatulle selbst behalten möchte, als Erinnerung an Ihren unglücklichen, irregeleiteten Vorfahren. Da selbe sehr alt und in einem Zustande großer Reparaturbedürftigkeit zu sein scheint, so werden Sie es vielleicht angemessen finden, der Bitte meiner Kleinen zu willfahren. Ich für meinen Teil muss allerdings gestehen, dass ich außerordentlich erstaunt bin, eins von meinen Kindern Sympathie mit dem Mittelalter in irgendeiner Gestalt empfinden zu sehen, und ich kann mir das nicht anders als dadurch erklären, dass Virginia in einer Ihrer Londoner Vorstädte geboren wurde, kurz nachdem Mrs Otis von einer Reise nach Athen zurückgekehrt war.«

Lord Canterville hörte der langen Rede des würdigen Gesandten aufmerksam zu, während er sich ab und zu den langen grauen Schnurrbart strich, um ein unwillkürliches Lächeln zu verbergen; und als Mr Otis schwieg, schüttelte er ihm herzlich die Hand und sagte: »Mein lieber Mr Otis, Ihre entzückende kleine Tochter hat meinem unglücklichen Vorfahren, Sir Simon, einen höchst wichtigen Dienst geleistet, und meine Familie und ich sind ihr für den bewiesenen erstaunlichen Mut zu sehr großem Dank verpflichtet. Ganz zweifellos sind die Juwelen Miss Virginias Eigentum, und wahrhaftig, ich glaube, wäre ich herzlos genug, sie ihr fortzunehmen, der böse alte Bursche würde noch diese Woche wieder aus seinem Grabe aufstehen und mir das Leben hier zur Hölle machen. Und was den Begriff Erbstück anbelangt, so ist nichts ein Erbstück, was nicht mit diesem Ausdruck in einem Testament oder sonst einem rechtskräftigen

Schriftstück also bezeichnet ist, und von der Existenz dieser Juwelen ist nichts bekannt gewesen. Ich versichere Ihnen, dass ich nicht mehr Anspruch auf sie habe als Ihr Kammerdiener, und wenn Miss Virginia erwachsen ist, so wird sie, meine ich, doch ganz gern solche hübschen Sachen tragen. Außerdem vergessen Sie ganz, Mr Otis, dass Sie ja damals die ganze Einrichtung und das Gespenst mit dazu übernommen haben, und alles, was zu dem Besitztum des Gespenstes gehörte, wurde damit Ihr Eigentum, und was auch Sir Simon für eine merkwürdige Tätigkeit nachts auf dem Korridor entfaltet haben mag, vom Standpunkt des Gesetzes aus war er absolut tot, und somit erwarben Sie durch Kauf sein Eigentum.«

Mr Otis war anfangs wirklich verstimmt, dass Lord Canterville auf sein Verlangen nicht eingehen wollte, und bat ihn, seine Entscheidung nochmals zu überlegen, aber der gutmütige Lord war fest entschlossen und überredete schließlich den Gesandten, seiner Tochter doch zu erlauben, das Geschenk des Gespenstes zu behalten, und als im Frühjahr 1890 die junge Herzogin von Cheshire bei Gelegenheit ihrer Hochzeit bei Hofe vorgestellt wurde, erregten ihre Juwelen die allgemeine Bewunderung. Denn Virginia bekam wirklich und tatsächlich eine Krone in ihr Wappen, was die Belohnung für alle braven kleinen Amerikanerinnen ist, und heiratete ihren jugendlichen Bewerber, sobald sie mündig geworden war. Sie waren ein so entzückendes Paar und liebten einander so sehr, dass jeder sich über die Heirat freute, jeder außer der Herzogin von Dumbleton – die den jungen Herzog gern für eine ihrer sieben unverheirateten Töchter gekapert hätte und nicht weniger als drei sehr teure Diners zu dem Zweck gegeben hatte – und wunderbarerweise auch außer Mr Otis selber. Mr Otis hatte den jungen Herzog persönlich sehr gern, aber in der Theorie waren ihm alle Titel zuwider, und »er war«, um seine eigenen Worte zu gebrauchen, »nicht ohne Besorgnis, dass inmitten der entnervenden Einflüsse der vergnügungssüchtigen englischen Aristokratie die einzig wahren Grundsätze republikanischer Einfachheit vergessen werden würden«. Sein Widerstand wurde jedoch völlig besiegt, und ich glaube, dass es, als er in St. Georges Hanover Square mit seiner Tochter am Arm durch die Kirche schritt, keinen stolzeren Mann in ganz England gab als ihn.

Der Herzog und seine junge Frau kamen nach den Flitterwochen auf Schloss Canterville, und am Tag nach ihrer Ankunft gingen sie des Nachmittags zu dem kleinen einsamen Friedhof unter den Tannen. Man hatte sich erst über die Inschrift auf Sir Simons Grabstein nicht schlüssig werden können, und nach vielen Schwierigkeiten war dann entschieden worden, nur die Initialen seines Namens und den Vers vom Fenster der Bibliothek eingravieren zu lassen. Die Herzogin hatte wundervolle Rosen mitgebracht, die sie auf das Grab streute, und nachdem sie eine Zeitlang stillgestanden hatten, schlenderten sie weiter zu der halbverfallenen Kanzel in der alten Abtei. Dort setzte sich Virginia auf eine der umgestürzten Säulen; ihr Mann legte sich ihr zu Füßen in das Gras, rauchte eine Zigarette und blickte ihr verliebt und glücklich in die schönen Augen. Plötzlich warf er seine Zigarette weg, ergriff ihre Hand und sagte: »Virginia, eine Frau sollte keine Geheimnisse vor ihrem Mann haben!«

»Aber lieber Cecil! Ich habe doch keine Geheimnisse vor dir.«

»Doch, das hast du«, antwortete er lächelnd. »Du hast mir nie gesagt, was dir begegnet ist, als du mit dem Gespenst verschwunden warst.«

»Das habe ich niemandem gesagt«, sagte Virginia ernst.

»Das weiß ich, aber du könntest es mir jetzt doch sagen.«

»Bitte, verlange das nicht von mir, Cecil, denn ich kann es dir nicht sagen ... Der arme Sir Simon! Ich bin ihm zu so großem Dank verpflichtet. Ja, da brauchst du nicht zu lachen, Cecil, es ist wirklich wahr. Er hat mich einsehen gelehrt, was das Leben ist und was der Tod bedeutet und warum die Liebe stärker ist als beide zusammen.«

Der Herzog stand auf und küsste seine junge Frau sehr zärtlich.

»Du kannst dein Geheimnis behalten, solange mir nur dein Herz gehört«, sagte er leise.

»Das Herz hat dir schon immer gehört, Cecil.«

»Aber unseren Kindern wirst du einst dein Geheimnis sagen, nicht wahr?«

Virginia errötete ...

Nachweis

Julian Barnes
Ein perfekter Flirt (Titel der Herausgeberin). Aus dem Englischen von Gertraude Krueger. Auszug aus der Erzählung *Der Tunnel*. Aus: Julian Barnes, *Dover – Calais*. Haffmans Verlag, Zürich 1996. Copyright © 1996 by Julian Barnes. Abdruck mit freundlicher Genehmigung. Julian Barnes hat unter dem Pseudonym Dan Kavanagh auch Kriminalromane geschrieben, *Duffy* und *Heiße Fracht* sind im Kampa Verlag in der Reihe Red Eye erschienen.

William Boyd
Was ich alles gestohlen habe. Aus dem Englischen von Ulrike Thiesmeyer. Aus: William Boyd, *Der Mann, der gerne Frauen küsste.* Copyright © 2020 by Kampa Verlag AG, Zürich. Im Herbst 2023 erscheint William Boyds neuer Roman *Der Romantiker.* Als Kampa Pocket sind 2022 *Eines Menschen Herz* und *Brazzaville Beach* erschienen. Das Gesamtwerk von William Boyd erscheint im Kampa Verlag.

F. Scott Fitzgerald
Liebe in der Nacht. Aus dem amerikanischen Englisch von Manfred Allié. Zuerst erschienen 1925 in der *Saturday Evening Post.* Für die Übersetzung Copyright © 2023 by Kampa Verlag AG, Zürich. Von F. Scott Fitzgerald ist als Gatsby Original im Kampa Verlag eine gebundene Ausgabe von *Der große Gatsby* erschienen, in der Ausstattung der Originalausgabe. Von Zelda Fitzgerald ist als Kampa Pocket der Roman *Schenk mir den Walzer* lieferbar.

Gabriel García Márquez
Dornröschens Flugzeug. Aus dem Spanischen von Svanja Becker, Astrid Böhringer, Lisa Grüneisen, Silke Kleemann und Ingeborg Schmutte. Aus: Gabriel García Márquez, *Dornröschens Flugzeug.* Copyright © 2008 by Verlag Kiepenheuer & Witsch, Köln. Abdruck mit freundlicher Genehmigung.

Anna Gavalda
Kleine Praktiken aus Saint-Germain. Aus dem Französischen von Ina Kronenberger. Aus: Anna Gavalda, *Ich wünsche mir, daß irgendwo jemand auf mich wartet.* Carl Hanser Verlag, München 2002. Copyright © 2002 by Carl Hanser Verlag, München. Abdruck mit freundlicher Genehmigung.

Witold Gombrowicz
Der Tänzer des Rechtsanwalts Landt. Aus dem Polnischen von Walter Tiel und Olaf Kühl. Aus: Witold Gombrowicz, *Bacacay.* Erzählungen. Das Buch erscheint im Herbst 2023 im Kampa Verlag. Copyright © 2023 by Kampa Verlag AG, Zürich. In der Witold-Gombrowicz-Werkausgabe im Kampa Verlag sind bereits erschienen: *Pornographie*, *Tagebuch*, *Ferdydurke*, *Kosmos*, *Das Drama mit unserer Erotik*, *Durch die Philosophie in 6 Stunden und 15 Minuten* und *Eine Art Testament. Gespräche mit Dominique de Roux.* Weitere Bände sind in Vorbereitung. Der Abschluss der Gesamtausgabe ist für Herbst 2025 geplant.

Tessa Hadley
Meeresleuchten. Aus dem Englischen von Marion Hertle. Aus: Tessa Hadley, *Sonnenstich.* Copyright © 2023 by Kampa Verlag AG, Zürich. Von Tessa Hadley ist zuletzt der Roman *Freie Liebe* erschienen, als Kampa Pocket sind die Romane *Zwei und zwei*, *Hin und zurück* und *Für einen Sommer* lieferbar. Das Gesamtwerk von Tessa Hadley erscheint im Kampa Verlag.

E.W. Heine
Der Posträuber. Aus: E. W. Heine, *Kille Kille Geschichten.* Copyright © 2020 by Kampa Verlag AG, Zürich.

Astrid Rosenfeld
All die falsche Pferde. Zuerst erschienen in *Mit Geschichten durchs Jahr.* Herausgegeben von Daniel Kampa. Diogenes Verlag, Zürich 2011. Copyright © 2023 by Kampa Verlag AG, Zürich. Von Astrid Rosenfeld sind im Kampa Verlag die Romane *Kinder des Zufalls* und *Die einzige Straße* erschienen, ein Band mit Erzählungen ist in Vorbereitung.

Saki
Die offene Tür. Aus dem Englischen von Claus Sprick. Zuerst erschienen 1992 im Haffmans Verlag, Zürich. Eine Neuausgabe der *Gesammelten Erzählungen* von Saki, in der Übersetzung von Werner Schmitz und Claus Sprick, ist für Herbst 2024 im Kampa Verlag in Vorbereitung. Für die Übersetzung Copyright © 2023 by Kampa Verlag AG, Zürich.

Olga Tokarczuk
Zimmernummern. Aus dem Polnischen von Esther Kinsky. Aus: Olga Tokarczuk, *Der Schrank.* Copyright © 2020 by Kampa Verlag AG, Zürich. Im

Frühjahr 2023 ist Olga Tokarczuks neuer Roman *Empusion* erschienen, ihr erster Roman nach dem Literaturnobelpreis, der ihr 2019 rückwirkend für 2018 verliehen wurde. Außerdem erschien im Frühjahr 2023 das Bilderbuch *Herr Unverwechselbar* mit Zeichnungen von Joanna Concejo. Das Gesamtwerk von Olga Tokarczuk erscheint im Kampa Verlag.

Oscar Wilde
Das Gespenst von Canterville. Aus dem Englischen von Franz Blei. Zuerst erschienen 1887 in der Londoner Zeitschrift *The Court and Society Review*. Eine schöne Einzelausgabe ist 2019 als Gatsby Buch im Kampa Verlag erschienen. Für die Übersetzung dieser überarbeiteten Fassung Copyright © 2019 by Kampa Verlag AG, Zürich.

Wenn Ihnen dieses KAMPA POCKET
gefallen hat, gefällt Ihnen vielleicht auch der
Lesetipp auf der gegenüberliegenden Seite.

Schicken Sie uns bitte Ihren LIEBLINGSSATZ
aus einem Kampa Pocket, bei einer Veröffentlichung auf unseren Social-Media-Kanälen
bedanken wir uns mit einem Buchgeschenk:
lieblingssatz@kampaverlag.ch